社会万花筒之中国微小说系列丛书

1943 年的母亲

李立泰 著

中国书籍出版社
China Book Press

图书在版编目（CIP）数据

1943年的母亲 / 李立泰著. —北京：中国书籍出版社，2016.10
ISBN 978-7-5068-5883-0

Ⅰ.①1… Ⅱ.①李… Ⅲ.①小小说－小说集－中国－当代 Ⅳ.①I247.82

中国版本图书馆CIP数据核字（2016）第247033号

1943年的母亲

李立泰　著

丛书策划	尚东海　牛　超
责任编辑	戎　骞
责任印制	孙马飞　马　芝
封面设计	东方美迪
出版发行	中国书籍出版社
地　　址	北京市丰台区三路居路97号（邮编：100073）
电　　话	（010）52257143（总编室）　（010）52257140（发行部）
电子邮箱	eo@chinabp.com.cn
经　　销	全国新华书店
印　　刷	北京一鑫印务有限责任公司
开　　本	787毫米×1092毫米　1/32
字　　数	210千字
印　　张	7.25
版　　次	2017年1月第1版　2017年1月第1次印刷
书　　号	ISBN 978-7-5068-5883-0
定　　价	21.80元

版权所有　翻印必究

总 序

《社会万花筒之中国微小说系列丛书》由中国当代一流微小说（即小小说）作家，一人一册的单行本组成。所选作品，均为作者本人从《读者》《青年文摘》《意林》《小小说选刊》《微型小说选刊》等畅销杂志选粹而来。作品体现了作家在灵光一闪中捕捉到的生存智慧、独特体验、深度发现和特殊情感，文章构思新颖、奇异、巧妙，表现手法敏锐、机智，具有很强的文学感染力和可读性。其中，部分作品被翻译到海外，还有作品入选了国内中小学语文阅读教材或中高考语文试卷。

微小说体量虽小，却可折射大千世界的方方面面，信息量不小；篇幅虽短，却具备小说的全部要素，追求在突变中展现人的尊严、生命的原色和人性的光辉，以风格的独异、思路的奇特和情节的突转，来给人出其不意的一击，于"山穷水尽""柳暗花明"的峰回路转中,凸显"洞庭一叶下,知是天下秋"的独特艺术效果。

从上世纪80年代中期开始,快节奏的现代生活,使读者在工作、学习之外的阅读呈"碎片化"状态,人们在艺术鉴赏中,越来越注意审美经济原则,即以最少的时间获得最多的收获,微小说这种文体,恰好满足了读者这种"碎片化"的阅读需要,从而催生了微小说的迅速发展。

微小说不仅受到普通读者的喜爱,更是受到青年尤其是中学生的青睐。因为通过这套"社会万花筒"丛书的小孔,涉世不深的青少年能够纵览古今、了解中外、开阔视野、丰富阅历、辨别善恶、启迪智慧、砥砺意志,提高社会适应能力和观察分析能力,还可以学到语言运用、结构组织的写作技巧。

伴随着中高考制度改革,中高考作文越来越注重考查学生的想象力、创造力和感悟力,更加鼓励学生关注社会、关注生活。近年来的中考、高考语文试卷基本都有"话题作文",而"话题作文"与微小说十分接近。2000年,陕西一高考考生的作文《豆角月亮》获满分,被曝属抄袭《小小说选刊》的微小说《弯弯的月亮》;2001年,南京高考考生蒋昕捷的《赤兔之死》获得高分,被转发于《微型小说选刊》。

本套丛书作者周海亮的《父亲的秘密》,入选了2008年福建省福州市初中毕业试题和中专学校招生考试试题,《诊》入选了同年度青岛中考试题,《父亲的游戏》入选了

2009年北京朝阳区高三第二次统一练习语文试卷,《战地医院》入选了安徽省合肥市高校附中2009年高三联考语文试题;本套丛书作者尹全生的《朋友,您到过黄河吗》,入选了海南省2005年高考测试试题语文卷的阅读题,《最后的阳光》入选了广东省2007年高考能力测试题,《海葬》入选了广州市天河区四校2009届高三语文上学期联考模拟试卷语文试题的"文学类文本阅读题",《狼性》被更名为《即绝不回头》,入选了2013年南京市中考模式题,等等。

近年来各省市中高考的作文命题中,"话题作文"已成为主要类型。只要学生平时读一点微小说,熟悉这种文体,或者尝试写过这种文体,在中高考时就不会犯怵了。如果头脑中有那么一两个人物、一两个故事,稍稍构思、加工,得到基本分是有把握的。

由此可见,不仅中国读者需要微小说,中国教育特别是中学教育更需要微小说,它是学生受益、教师推荐、教育界推崇、家长放心的一种文体。

编 者

写作是一辈子的事（代序）

杨晓敏

30年来，以民间读写为主流的小小说领域热闹非凡，尤其是庞杂的小小说创作队伍中，集合着社会各界的不同时期、不同年龄段、不同艺术追求的写作者，大家似乎都以各自的参与方式融入其中，使得小小说的成长显得格外与众不同。

山东聊城居鲁西，临河南、河北，位于华东、华北、华中三大行政区交界处，代表中国商业文明的京杭大运河和代表农业文化的黄河在此交汇，黄河文化与运河文化的共同孕育，使聊城形成了独具特色的地域历史文化。中国古典名著《水浒传》、《金瓶梅》、《聊斋志异》、《老残游记》中的许多故事都是以聊城为背景。聊城自古名人辈出，战国时期著名军事家孙膑、抗日名将张自忠、现代国画大师李苦禅、著名学者季羡林等都是聊城人。聊城底蕴深厚的历史文化也滋养成就了一批当代的文学创作者，李立泰即是其中之一。

李立泰1971年开始文艺创作,已在《中国作家》、《北京文学》、《小说界》、《百花园》、《青年作家》、《人民日报》等二百余家报刊发表小说、散文二百万字,主要作品《故里素描》、《秦大嫂》等。现为中国作家协会会员、中国小小说名家理事会副秘书长、聊城市作家协会顾问、聊城小小说学会会长、山东省小小说学会副会长兼秘书长、《东昌月刊》执行主编。

鲁西大地淳朴的乡间生活、长期在基层的工作积累、数年中短篇小说的创作经验,使李立泰的小小说写作得心应手。广阔深厚的生活基础让李立泰的写作从来不缺素材,不用冥思苦想,不必虚构假设,李立泰的笔下,人物故事齐全,人情世故具备,似是信手拈来,却篇篇落笔有神,显示了作家丰厚的生活底蕴,也折射出其不俗的文学素养。

李立泰的写作题材涉及抗战、农村、乡镇、官场等诸多领域,可谓异彩纷呈。无论是描写官场人物还是坊间百姓人家,李立泰笔下的人物故事都能贴近生活本色,读来真实亲切,简洁轻快的语言,不乏诙谐调侃讽喻,在给人带来轻松愉悦的阅读快感之后,又给人以思索的空间。

官场中"局长"这个角色是作者经常写作的对象,其人其事或真或假、亦正亦邪,似就发生在我们的周围,但经过作者略带夸张的文学加工渲染,常给我们带来意想不到的阅读效果。

《新局长》中的新局长上任,首先让副职各负其责,再则统一签字权,最后落实部门具体工作。对于新局长上任的三大举措，副职们纷纷找借口推托回家躲避，而新局长一概不理不问，凡事亲力亲为，上下运筹使局面焕然一新，而此时副职们在家却坐不住了，不请自来要求上班。自此以后，局里各项工作大都在地区前列，年年考核第一。"新局长稳稳地坐在老板椅上，倒觉得没意思了。"历来新官上任三把火，无非是想以气焰压人造声势，立威望将来好稳坐其位。而一旦位子坐稳了，却反倒没意思了，难道人的斗志都是逆境激励出来的吗，结尾一句读来颇有意味了。

《这事就往粗里弄》中的新局长也写得耐人琢磨，历任局长没有解决的分房纠纷，却被新局长一招看似荒诞的方式解决了。什么职位高低，什么利害关系，统统不思考虑。新局长下个通知，全局人员每家每户来一人参与分房。新局长站在新楼上宣布，一人只准拿一个钥匙，拿多无效。钥匙上标明了单元、楼层、房号。话说完，新局长一扬手，横着一撒，"哗"一片钥匙天女散花般落下来。于是在一片哄抢中，房子分完了。新局长这一招，无招胜有招，将复杂的事情简单化，将严肃的事情荒诞化，作家通过分房这件日常小事对眼下官场进行了无情的嘲讽与揶揄，玩了一把黑色幽默。

官场中的诸多小人物同样也是作者笔端活跃的人物，例如《老亓同志》中一心想升官的老亓、《汤股长》中做着天真梦的汤股长、《找后账》中耍小聪明的庄乡长，这些小人物混迹于官场，在宦海中浮沉，无一不为功名利禄绞尽脑汁、挖空心思，最后也常常是希望落空身心俱疲。这些官场

3

小人物的行径，让人觉得可笑，笑过之后又难免心生同情。作家在讽喻的同时对这些小人物也寄予了一份悲悯情怀。

是否拥有性格鲜明的人物形象常是衡量一篇文学作品优劣的重要标准之一，综观文学长廊中那些流传于世的经典篇目，例如鲁迅笔下孔乙己，契诃夫笔下的变色龙，汪曾祺笔下的陈小手，冯骥才笔下的苏七块……无不以鲜活的人物形象夺人眼目，让人经久难忘。李立泰深谙其道，作品中尤其注重人物塑造。其笔下的人物形象立体朴实而且透着一股机智。例如《大叔》中颇通文墨的大叔，为已逝妇人写挽幛只有四个字：三四无二。意为三从四德，独一无二。寥寥数语，就将一个热心又传统，机智又风趣的乡间小人物勾勒出来。《送点心》中的段县长通过老乡相送的一斤不够称的点心，追查到点心店掌柜，将短斤少两杜绝于源头，还买卖一个公平。字里行间，一个机智又爱民的县长形象便立于纸上。这些人物形象的机智表现无一不在彰显着作者的才思敏捷。特别是《驴妮儿》讲述了一个打动人心的故事。爷爷爱驴、婶子奶驴，小驴给婶子跪下，水汪汪的眼睛看婶子，如同看自己的娘亲。人与动物之间的深情通过立泰朴实生动的笔法跃然纸上。

其实我也喜欢立泰抗战题材的小小说，《女卫生员》、《奶奶的伤兵》等。李立泰是个多产的作家，每年有很多篇小小说在各大刊物上发表。他擅长写战争题材的小说。他的小说《宿营》，写一个青年战士刚有性萌动，就英勇地牺牲了。这篇小说选择的角度很新颖——是过去不曾触及到的。

同时，命意深刻——揭示战争对人性的毁灭。《女卫生员》写了"姑姑"大半生的经历，她在战争中成长的历程。小说的时序很长，容量也很大，是一个中篇或长篇的题材。把小小说拉成长篇易，而把这么多的内容融在极短的篇幅里难。小说写了战争，也写了爱情，是从不同的角度，写出一个女军人特殊的性格和情怀。小说的第一人称和第三人称自然切换的写法也很有特点。

《我给县长当桌子》这样传导出正能量的作品。语言幽默、素材鲜活、人物刚性，像是在复原着那些渐行远去的活生生的人，把几十年历史中最华彩的生活片断重新演绎一遍一样，一气呵成，让人过目难忘：

"当年跟栾县长闹革命才十六七，警卫员勤务员通信员一肩挑。那次县大队被围，他办了三个鬼子还打趴一个，分散突围出来隐蔽在老乡夹皮墙里。栾县长给中心县委写东西。没桌凳，李政稳说：'县长，我蹲下在我脊梁上写。'他半举马灯，蹲着等县长把东西写完。栾县长笑说：'李子，你成我办公桌了。等咱打跑日本鬼子，建了新中国，在县政府叫你坐我办公桌上过过瘾。'"

革命理想、干群关系、人物性格，三言两语，画龙点睛，勾勒成章。

新中国成立后，李政稳骑驴进城看栾专员："栾专员说：我许的咱胜利了，叫你坐我办公桌上，今儿兑现。李政稳在褂子上擦擦手，摸摸老县长的桌子。说：那不叫人家笑话吗？老县长说：那坐坐我椅子吧。也算兑现。李政稳坐栾专员椅子上，两手扶住扶手，屁股颠了三颠。说：'不孬，坐江山啦！'"

李立泰的作品，题材贴近生活基层的真实，带有一股浓郁的生活气息，读来亲切自然，语言则具有鲁西大地的质朴，偶或插入的方言俚语，长短句的错落搭配，增强了作品的风趣幽默感，也增加了作品的亲和力。读他的作品，常有一种现场聆听大师说相声的感觉。如果将李立泰笔下那些精彩的故事交由相声大师来演绎，相信定会给人带来不一样的惊喜。

李立泰行文简洁流畅，从不拖泥带水，除给人一种阅读的流畅感之外，又能在有限的篇幅里传递更大更丰富的信息量，因为注重细节的挖掘，又不觉得笼统空洞，这对小小说创作来说，尤其珍贵。李立泰又善于在真实故事的结尾处惯用近乎荒谬的结局，于是一篇作品顿时有了或调侃或讽喻的味道。读者在阅读过程中感同身受一份真实的同时又要接受一个看似诙谐的结局，令人喟然叹息之余，陷入沉思。

文场亦是人生，写作者无不透过自己的笔墨，为书中人物画像的同时也为自己立此存照。例如有人少年扬名，踌躇满志；有人半道退出，另谋他图；有人昙花一现、江郎才尽；有人秉烛夜行，意犹未尽。李立泰自20世纪70年代开始从事文学创作，部分中短篇小说和散文被《小说选刊》、《小说月报》、《中华文学选刊》、《短篇小说选刊》、《传奇传记文学选刊》、《散文选刊》、《小小说选刊》、《微型小说选刊》等选载，小小说被选入多种精选本。作品曾获中国作家杂志社一等奖、聊城市"五个一"精品工程奖，聊城市人民政府文学奖，至今笔耕不辍，佳作不断。

杨晓敏，著名文学评论家，河南省作协副主席、小小说名家沙龙理事会主席、百花园杂志社总编辑兼《小小说选刊》《百花园》《小小说出版》主编。

目　录

抗日烽火

女卫生员	1
村　长	5
军　鞋	9
摸　哨	13
智取据点	16
大难不死	19
送公粮	22
秋　收	25
烽火中的婚姻	29
1943年的母亲	34
找　鞋	38

区长脱险	42
我给县长当桌子	46
我上英雄台	50
锄　奸	54
麻班长	58
你们都吃窝窝吗	64
房　东	68
憨玩意抓紧	72
党　费	76
善　念	80

市井传奇

免　试	83
赛　跑	87
摇　奖	90
面试扫地	94
半　路	98
进大都市旅游	102
酒　神	105
烧鸡店	109
李玉女	112
靠　山	117

周　年	121
购　物	124
旅　伴	128
保定的枪声	131
段县长断案	135
乜二修秤	139
圣人的窝头	143
巡按救火	147

乡村记忆

有毒西瓜	151
四大嘴挂牌	155
老妈昨天丢了钱	159
驴妮儿	162
年　关	166
尹玉兰	170
大妮二妮	174
小　玲	178
吃　羊	182
苦情戏	186
相皮爷	190
捎　蜜	194

3

摄影师	198
幸福鸡	202
马大脚	205
谎　言	208

| 小说从土里拱出来（创作谈） | 212 |

1943年的母亲

女卫生员

姑姑离休回家探亲，谈起当年战火纷飞、烽烟连天、腥风血雨的战争岁月：

那年全村参战和八路军一起打鬼子。咱村有围墙，墙外有壕，壕里放了水，鬼子不好攻。

家人都支前去了，八路军打仗得吃饭啊，娘回不来咋办？姑姑还是孩子，但姑姑要蒸窝窝给八路军。才八岁的姑姑跟锅台差不多高，蒸窝窝够不到箅子，站在小板凳上干。八路叔叔夸姑姑孩儿小，心好，机灵手巧。

那次村子被包围了，八路军冀南七分区24团来解的围，鬼子扔下十几具尸体跑了。

也就是那年姑姑参加了八路军，在伙房帮忙。姑姑站小板凳上学做饭，生的做成熟的，凉的熥成热的，凉水烧成开水。

姑姑九岁去卫生队。她说：八路军冀南七分区卫生所在咱村上，家家住了伤病员，我整天接触的全是受伤的男人，枪子没眼伤哪儿的都有，什么男女啊，该脱的脱该铰的铰，全不顾。

医、食、住、行姑姑跑前跑后，发动婶子大娘姐妹们帮助卫生所拆被褥，洗衣服，照顾伤员，喂汤、喂饭、喂药、端屎端尿。

姑姑最初当卫生员是负责洗伤员绷带的。当时的那些绷带，今天就是垃圾。在水坑里洗洗，没肥皂血斑洗不干净。有时找不到大水坑，小水坑儿也凑合。人手不够时，她也给伤员包扎，包的歪歪拉拉不像样子。

再大点儿她就开始学扎针。起初扎不进去，吓的手哆嗦，急得哭。护士姐姐们告诉她，手把肉捏住，猛一下子扎下去就行了。遇到输液的病号，她站旁边看护士姐姐扎血管儿，她经常偷偷在自己胳膊上练习扎针，这样时间长了就学会了。

我问姑姑：您一生中最骄傲的是什么？

姑姑说：应该是那次躲过敌机空袭。那天狂风怒号，刮得天昏地暗，枯枝败叶都旋到天上去了，本不是偷袭的天气。可是那天敌机偏来了。我负责的两名重伤员转移不动，13岁的我急中生智，抓了两个麻袋片儿把伤员盖上，上面撒些树叶树枝我也趴在下面，敌机盘旋扔炸弹，没炸着我们，躲过一劫。我立了三等功。

我到驻地就积极发动妇女做军鞋、抬担架、护伤员、动员青年参军参战。14岁入党，16岁就当了护士长。

当护士长责任重了，吃苦在前、享受在后，把方便给别

1943年的母亲

人,把困难留给自己。脏活累活抢着干,加班加点冲在前。上前线抢着去,那次前线卫生员不够用,我第一个站出来上前线。就是那次为抢救伤员,我被炸伤,至今腿上还嵌着块儿弹片,阴天下雨犯疼。前线危险说不定去了就回不来。那就是要把生还留给战友。

我又问姑姑:您作为护士长最难忘的是啥?

姑姑说:最难忘的是用老虎钳子夹子弹。当年,那个县大队战士的大腿骨头里嵌了子弹,我和几个护士当班,医生往前线了,一没麻药二没专门器械,把伤员捆在床上,叫他嘴里咬根棍子。战士疼得嗷嗷叫!肉剥开子弹露出来,用老乡打铁的老虎钳子在火上烧烧,我一边哭一边把"钢铁战士"腿骨上的子弹拽出来。

越干越进步,19岁任医疗队党支部书记。肩上的担子更重了,我一边抓政治学习,一边加强医疗知识学习。越学越觉得懂的东西少。

另外还有——那年一个家伙闯进我心里,他是八路军的连长,跟我平级。我给他扎针,三扎两扎有了好感,偷偷摸摸谈,俺们不够谈恋爱的级别。一次战斗他连的人马被鬼子挡住冲不出来,回不了大部队,就跟别的八路军走了,反正都是打鬼子。走了我们再没见过面,说心里话还真想他,但不知他死活,成天提溜着心。

后来我调军分区医院护士长,后任院长。全国快解放那年,那家伙受伤送到我医院住院。一见他浑身是血,我心里一紧,浑身哆嗦。后来他伤势轻了,认出了我。交谈时我说：我刚结了婚。

听说后，急得他跺脚捶胸：我给你写信，为什么不回？

我说：没收到你的信，兵荒马乱的。

他问：你怎么不等我？

我说：我等你好几年，也不知道你活着没有？一分开就没音信儿了。

他哭了，泪淌下来，我不敢看他。

我说：你都团长了，这样哭不怕人家笑话？好好干，以后找个大学生，比我这文盲强多了。

他说：谁也抵不上你！

我安慰他：别说憨话，我帮着给你介绍。

我照顾他个把月，也算弥补吧。他伤养好要南下，打过长江去，一次攻坚战他顶着湿被子，枪林弹雨中率敢死队冲锋，牺牲了……

姑姑说这话的时候，眼里含着泪。

1943年的母亲

村　长

　　村长是区里指定的领导人。解放区里农村还没有选举这些程序。

　　那会儿兴演小戏儿，冀南解放区里几乎村村都演。村长长得挺抓人儿，他还会敲一手漂亮的鼓点儿，把那面老牛皮鼓用一双槌子敲出水平来了。

　　直敲得村上大闺女小媳妇的心慌慌的，跳跳的，晚饭没吃完心就飞到鼓乐那儿去了。所以干宣传队的女演员多半是图看村长敲鼓的优美姿势。越有人捧场，特别是越有女青年捧场，村长越敲得花花点儿多。

　　他除会打鼓还会化妆，给女演员抹脸蛋儿，画眉眼儿打口红等。他给女演员抹脸蛋儿，双手把女演员的脸儿捧起来抹些胭脂。他一捧女演员的脸，女演员的身体就一颤抖。了得吗？十八九的大闺女。所以捧来捧去，捧出了问题，但问题并不严重，不是那种村上老娘们儿聚到一起开研讨会，想象的深层次问题,而是一般化的问题。

那会儿村上演节目好演军民鱼水情方面的。比如八路军战士帮助老乡种地啊,收割庄稼啊,老百姓掩护八路军的伤病员帮助八路军打日本鬼子啊,给八路军送送情报什么的。

村上正准备演的小戏儿就是掩护内容的。那一仗打得很残酷,日本鬼子败了,我们伤的也不少,大部队走了,留下个小战士在老大娘家养伤。大娘家有个老生闺女,闺女利索地梳个大辫子,明睁大眼,双眼叠皮,按现在的说法应叫"村花"。虽然穿的裤子上有补丁,但是不影响她的美。

剧中要求,大娘给小战士换药,用盐水冲洗伤口,小战士伤的地方又不是一般的地方,是大腿根的部位,口述起来是不好说的,是很难听的地方。闺女也不能封建了,应主动帮助母亲照料小战士。且天长日久三帮助两帮助把感情帮助出来了,爱上了八路军战士。爱八路军小战士,也不要紧,反正是演戏。

这剧情村长就不大同意,他觉得平淡,没起落、高潮什么的。这是村会计跟妇救会研究的。

村长问会计:"这个小戏儿里有反面人物吗?"

会计道:"没想有反面人物。"

村长说:"嗯。没反面人物的戏那不叫戏。演起来没劲,演员没劲。不抓人儿。没反面人物那叫什么戏啊!"

会计说:"那咱再商量呗。"

村长说:"叫我说再添上个反面人物。是国民党兵啊,日本鬼子啊,还是还乡团啊,狗腿子啊,只在咱定哩。嗯,

1943年的母亲

我演反面人物。"

别看村长人才长得挺好，英俊潇洒，可是爱演反面人物、坏蛋一类的丑角。

会计问村长："你演行，想怎么出场法？"

村长说："场好出。比如演还乡团狗腿子吧，挎个盒子炮，歪戴着帽子。可以是礼帽，也可是别的帽子，嗯，叫狗腿子出来到村上搜查八路军的伤员，跟狗似的这儿闻闻，那儿瞧瞧。让他碰上大娘家的漂亮闺女，要像馋猫似的，盯上就不放松了。"

会计说："那这女演员不好找，又叫八路军战士跟人家好，还叫还乡团盯上缠住，谁愿意演啊？"

村长说："弄剧本，哪有先想别的事的啊？得有抓人儿的戏，抓住人的心尖子要紧挠，只要戏编好了，演出来准好，先别考虑演员，咱先说戏。嗯。狗腿子企图想闺女的好事，当然闺女不从，是她跟狗腿子对打啊，还是嫌不好嫁不敢大喊大叫啊或是在关键时刻，八路军伤员冲出来，强忍伤疼把狗腿子办了……"

会计说："行，就按你编的弄。女演员你找！"

村长物色女演员的工作基本上没费多大劲儿。他选妇救会的一个女青年。当然了，村长跟女青年做了好几晚上政治思想工作。女青年心里愿意，只是怕村上闲言碎语。村长说："干革命工作，连死都不怕，咱还能怕村上人说几句话？"

女青年低着头甜甜地一笑，对村长说："俺愿意演了还不行吗？"

……

村长演还乡团的狗腿子演得很投入，很入戏。简直真像还乡团回来了，杀农会、杀村干、杀党员。演得女青年觉得他真成了坏家伙，台下的群众，村农会的干部们直想上去狠狠地揍他一顿把他崩了才解恨！这个小戏儿得到好评，演得很成功。

那一年八路军冀南七分区把马颊河以东那伙鬼子汉奸消灭了，在这儿休整。搞军民联欢，村上演了小戏儿《掩护》得到分区首长的肯定。分区剧社的同志发现了人才，觉得村长是块演戏的料儿，有培养前途。把他调到剧社去了。那时村长正偷偷摸摸地谈恋爱，谈得也够可以了，可以说死去活来。对象就是小戏儿中演闺女的女青年。也就是化妆捧脸捧出问题的传闻所在。

想想这俩人分别的场景有多么的热烈，你怎么想象都不过分。村长到了分区剧社仍然演反面人物，他仍然乐意为女演员化妆。

村长地位变了。

心也变了。

心变的境界更高了。把日本鬼子打跑的那年冬天，回来娶了女青年……

1943年的母亲

军　鞋

春玲散会匆匆回家。嫂子，你慌啥？大香追她。

大香任务紧，十天做五双鞋！全村200双啊。

大香说：嫂子，下地、做饭是少不了的事，做鞋就靠晚上了。

春玲说：是啊。区里给麻和面粉。大婶不会拦吧？春玲问。你就跟她讲，八路军打鬼子，为咱老百姓。没鞋穿，咋杀鬼子？

天蒙蒙亮春玲就搽好糨糊准备打硌粑（做鞋底子），她掺了榆皮面，特粘。在门板、案板上糊毛头纸，抹一层糨糊粘一层布，粘完四层，面上再抹一层糨糊。晒干，铰鞋底子。

晚上春玲开始纳底子。她把五层硌粑纳一起，油灯下，针锥攮，大针跟进，每纳一针胳膊甩起来拽绳子两次。

大仓搓麻绳，边搓绳子边看她纳底子。媳妇长得好看

社会万花筒之中国微小说系列丛书

出名,白净人,高高的个,明净大眼、双眼叠皮儿、瓜子儿脸、柳叶眉儿、红脸蛋儿、黑黑头发,梳大缵,红头绳。连区上都知道大仓家,妇救会长,长得好人儿哩——她看他一眼搓绳子,可郜大仓瞪着眼光看媳妇,看得竟忘了搓麻绳。

春玲脸上飞起红霞,说:你看啥?

大仓回过神来,说:看、看俺媳妇啊!俺看不够。

春玲说:还没正形。不小心她被大针扎破了手,"哎哟"一声,冒出个红豆豆。看我疼你吧!?手扎了。

大仓抓起春玲手指把血珠儿吸到嘴里。说:唉,不是疼我,你说给谁做活儿扎了,那就是疼谁。你疼八路军!

春玲扬起鞋底子打他,"咯咯"地笑起来:我疼八路军咋了?八路军不该咱疼吗?!

大仓说,该、该疼八路军!

去年反扫荡,日伪突袭。搜查八路。情况万分危急,春玲家藏着24团的伤员刘班长,在她家已养伤十几天。他悄悄从后院的小门儿溜出去,钻进青纱帐,躲过一劫。

刘班长鞋被树渣子刮烂了。春玲新鞋还没做好,他接到命令归队,刘班长用绳子把鞋拴在脚上走的。

春玲心里始终装着双鞋。这鞋就是给刘班长做的。24团在这一带活动,给她了却桩心愿。她一针针一线线,麻绳越纳越短,军民情越纳越长。鸡叫头遍了,她摸着做好的新鞋,困了,脸上露出甜甜的微笑。

大仓算了,一双42码鞋,底子要纳25排针脚,每排针脚15个,这就要纳375个针脚,每个针脚针进出2次,就是750

次，这一双鞋底要1500次重复动作。每针要甩开胳膊拽绳子两次，胳膊要甩1500次。胳膊累得酸麻了，她就捶捶捏捏。

春玲跟姐妹们说：纳底子胳膊甩得开，蹬鞋上天台，麻绳拉得长，翻山又过岗。春玲的手勒破了，包包再纳，顶针磨透了换一个……

交鞋那天，春玲的鞋一亮，震了。她是五层的"千层底"，比别人多一层。村长表扬：看人家大仓家的，做的鞋多结实，大伙要向她学习。

二百多双新鞋，她们要熬多少个不眠之夜啊！

24团参加了解放堂邑战斗，村上青壮男人都加入担架队、运输队支前去了。

春玲请缨，区长，我带十姐妹去前线送鞋。每人背二十双，日夜兼程步行百余里赶往堂邑。她们远远看到围城的部队。她把军鞋交到攻城指挥部，放好收条。

春玲怀里还揣着双鞋，她问：同志，24团刘班长在哪块儿？

参谋问：是刘麻子吧？现在是连长了，就在前边隐蔽哩。

春玲顾不了那么多了。好不容易打听到刘班长消息。参谋拦她：你不能去，攻城马上开始了。

我必须去！同志，我该刘班长的鞋两年了，叫他穿上新鞋多杀鬼子。

她像个游击队员，猫腰顺战壕往前跑……一阵阵子弹呼啸而来，她觉得乳房那儿顶了一下子，急忙趴下。

恰巧一战士看见她，他掀了掀柳条叶子帽，就匍匐过来喊她：老乡，老乡危险，下去！

春玲一听这不是刘班长吗？！刘班长，我可找到你了。

刘班长一惊：呀！嫂子。

她解扣从怀里掏出鞋来，说：刘班长俺给你做的鞋。她一看瞪眼了！两只鞋底儿都被子弹打了洞。

娘唉，好悬！刘班长这双鞋打坏了。俺再给你做。她把鞋紧紧地捂在心口上。

嫂子，没事，我照样穿。

通信员！？

到！

送嫂子下去！

是！

1943年的母亲

摸　哨

故事发生在山东聊城一带。1943年，八路军冀南七分区24团的一个排，奉命去攻打一个日伪军据点。

据情报说，据点里四个鬼子进城了，里面只剩些伪军，这是端炮楼的好机会。

排长派出侦察尖兵三人，先割断据点电话线。大刀刘带队，负责解决据点守卫的那一个班伪军。

今晚站岗放哨的伪军是刚来不久的，外号大裂瓜。他人有点憨。在这个据点里，提尿罐子，刷碗，站岗多数派他。这时的大裂瓜正抱着枪放下，抻胳膊打哈欠，困得难受。

大刀刘实在不情愿用刀劈他，孬好都是中国人，弄不好是一个县里的老乡。像大裂瓜这样出来混饭吃的多了。

大刀刘等三人隐蔽在据点外面树林子边的玉米地里。

大刀刘朝站岗的大裂瓜扔块坷垃，"啪"的一家伙把大裂瓜的瞌睡虫吓跑了，他转身朝睡觉的伪军跑去，喊快起来：有情况！

伪军班长带十几个破兵端枪出来：哪儿有情况？

大裂瓜说：刚才有响动。

伪军班长朝树林子这边用劲看了看，鸦雀无声的，然后又对那些伪军说：都回去，继续睡去！

大约半个时辰，伪军班长和那些伪军就呼噜起来。大刀刘第二块坷垃又扔到了大裂瓜脚下，吓得他一哆嗦。

大裂瓜往树林子里看了一眼，又跑进去喊：快起来，有情况！

伪军班长再次带兵出来，没有发现情况，一巴掌扇到大裂瓜脸上：你他妈的神经了！

大裂瓜哭诉道：班长，真有响动啊！

班长又要揍他：老子罚你站通杆儿（一夜）。

那些伪军也都骂大裂瓜，埋怨他把觉给搅黄了。

一个时辰过后，闹腾两遍的伪军都困得死狗一样，又打起呼噜来。大刀刘再次扔坷垃过去。大裂瓜再次慌慌张张去喊班长：不好了，有情况！

这次不光班长扇大裂瓜，十几个伪军都揍他，打得他哎哟、哎哟直叫唤。伪军班长手都打疼了，骂道：再谎报军情，老子揍死你！

大裂瓜求饶道：我再也不报告了，不报告了。

又一个时辰过去，大刀刘如法炮制，还是扔坷垃过去，大裂瓜就闭上眼睛不报告了。这时，大刀刘就走到大裂瓜身后，把他嘴一捂，厉声道：别喊！否则我宰了你！

1943年的母亲

大裂瓜被捆着,扔到树林子边的玉米地里。

大刀刘他们三个侦察兵一起冲进了据点,喝道:缴枪不杀!八路军优待俘虏!就这样,一班伪军的枪被缴了。

随即,八路军的排长率领大家,迅速把伪军连部围起来,翻墙进去打开门,大喝:缴枪不杀!几十个伪军乖乖的当了俘虏,八路军一枪未放端了据点。

智取据点

1944年夏天,城西北六区抗日政府杜区长正开会。研究工作、学习《论持久战》。杜区长说,越是最困难,越是快接近胜利的时候,胜利就在我们再坚持一下的努力之中。鬼子伪军土顽跟我们在村民手里夺粮,军民生活非常困难,一半糠菜一半粮。我们决不叫敌人抢走粮食。

这时,我交通站一挎着砍草篮子的情报员来送情报,他急急忙忙给杜区长报告情况。杜区长给他倒碗水喝,说:喘喘气,别慌,慢慢说。

杜区长沉稳、干练、胆大、心细。个子不很高,膀宽腰圆,腿粗如柱,掌大有力。

县委对六区锄奸、破袭、藏粮等工作很满意。

交通员报告:县城伪军派一辆大车来给闫庄据点送东西,车里有伪军新军装,还有肉啊酒的……

杜区长说:好!我正需要呢。

1943年的母亲

交通员接着说：大车待会儿从村西公路上过，车由五个伪军押送。杜区长边点头边考虑对策。还有一个情报是，县城原定的一个中队伪军进驻闫庄据点换防，因情况有变，暂时不来了。

杜区长说：情报很及时，谢谢交通站的同志们。你先休息，待我们解决了大车你再返回。

杜区长马上跟指导员、抗联主任商定劫车办法。

派区队一个班战士埋伏在村西公路旁的玉米地里，玉米虽不高，但人趴下还行。另外再有俩战士装扮成小两口走亲戚，在几百米外看见大车的影子就迎上去，吸引伪军产生点爱情故事。班长见机行事安排劫车，因离闫庄据点近，要速战速决。

果然五个伪军坐在大车上，叼着洋烟，哼着小调儿，研究到据点里吃点啥喝点好酒。忽然一伪军发现了小两口儿，小媳妇儿、小媳妇儿。他五个人眼都灯泡似的点亮了。两个伪军下车迎面走来。

小媳妇儿是杜区长兄弟扮的，白白净净，穿花裙子，两乳房垫得高高的，作害羞状不敢看伪军。馋得伪军直落口水，磨嘴皮子解解渴。

五个伪军还没真下手，区队战士从玉米地里快速跳出，把伪军缴了械，劫获了伪军装等，前后十几分钟。

杜区长表扬同志们干得好，大家要守口如瓶，绝对保密，还有更大的好事等着咱们。当晚区队转移到柳大人庄。

第二天拂晓杜区长带队，和二十多名战士换上伪军服，其他战士和他们拉开距离走在后边，朝闫庄据点奔去。离据点不远了，杜区长说，一班战士去闫庄村北隐蔽在公路旁玉

17

米地里，注意监视县城方向敌情，有情况马上报告。

然后杜区长叫三班长赵大钟扛起日式三八大盖，和穿伪军服的四个战士，作为尖兵走在前头。到了据点大门，赵大钟对伪军门岗说，我们是来换防的。说着从兜里掏出面交队长的信皮子，让站岗的看，站岗的破兵倒着看信皮。为区队敞开大门。

赵大钟身后的战士出手极快，缴了门岗的枪。据点门岗立马换成我们的战士，杜区长率区队迅速进入据点。

杜区长带俩战士直奔伪队长卧室，伪队长还算个兵，没搂着小老婆姨太太啥的睡觉。

伪队长见有人来，从床上坐起。赵大钟把面交队长的信皮子递过去，伪队长低头拆信的当儿，赵大钟三八大盖雪亮的刺刀对准了他的心窝。

杜区长厉声说：我们是八路军！缴枪不杀！

伪队长吓得哆嗦：我投降，请饶命。

他还想耍花招，抻手摘挂在墙上的手枪，杜区长眼疾手快一掌把他的手打翻，抢先一步把枪摘下。不老实就送你上西天！伪队长乖乖地当了俘虏。

其他屋里睡觉的伪军还在梦中，我们战士先把枪敛起来了，他们才醒过盹来，一个个在区队战士的枪口下跪地求饶，当了俘虏。

杜区长命战士点火烧了据点。熊熊大火十几里外都看得见，群众拍手称快。

夸杜区长带的神八路，一枪没放拔掉了闫庄据点。

到城里鬼子伪军来救援，区队已经转移了。

大难不死

那是跳出鬼子包围圈的当天夜里,武宏恩随部队转移。

时值隆冬大雪飘飘,大别山北部山区北风怒号。首长命令趁大雪快走,雪盖住了脚印,尾随的鬼子难以找到八路军的踪迹。

可是鬼子还是追了上来,骑兵、汽车、摩托,突围的八路军又被包围了。

首长命令:突出去!

战士们一齐开火,保护伤病员先突围。

武宏恩他们排殿后掩护。他们最后把手榴弹一齐扔向敌人,在鬼子慌乱中,他们撤出了阵地,往北转移追大部队。大部队的脚印看不见了,天地间一片白茫茫。

吴宏恩走着走着,一不小心掉到石缝里。他"啊、啊"的喊声在雪窟窿里被风雪掩盖了。

他们排追上大部队,点名没他。派战士冒雪回来找没找到,排长以为他牺牲了。

两天后,他被几个土匪发现了。

土匪雪天想找点肉下酒,外出打猎。发现洼处的雪窟窿,以为有戏,土匪顺雪窟窿往下瞧,见黑乎乎的像人。土匪就喊,喊的工夫大了,他忽然惊醒。开始哼哼叽叽,土匪们说:他还活着。土匪往下顺绳子,拴了越拉越紧的扣儿。土匪喊话:手还会动吗?此时他已不知自己是死是活。多亏在大石缝上,脚也不知踩着了什么,没往下掉。若是掉到缝底早没命了。

他用僵硬的手,艰难地套上绳子,上边几个土匪把他拽上来。

"共军!"土匪脱口而出。小头目说:甭管白的红的,甭管什么军,是中国人!先救人要紧。大雪封山,天地间就一个白颜色。

土匪把武宏恩从山上雪地里背下来。把他放炕上,脱了棉袄棉鞋。土匪用雪搓他身子,缓过来又倒酒。小头目指挥喽啰用酒给武宏恩搓身子。慢慢的他有气了,会说话了。"谢谢弟兄们救命之恩。"他断断续续地说。

这时他才觉得腿疼,疼得"哎哟哎哟"叫。把他棉裤脱了,腿摔伤了筋,血斑干了。幸好骨头没断,大半骨头劈裂。

土匪给他喝点热粥,身子慢慢温热了。他告诉土匪:我们之前跟鬼子打了一仗,大部队转移,我们在后边掩护,不知咋回事我摔下去了。两天没冻死我,老天保佑。

土匪头说:你在雪窟窿里不是很冷,算你小子命大,叫

1943年的母亲

我们撞上。不然十冬腊月你就冻干儿了啊,哈哈哈。

武宏恩再次感谢土匪相救,说:我伤好就走去找部队,时间长了鬼子白狗子搜山会给你们惹事。

头目大嘴一咧:怕他们龟孙,老子也是抗日的杆子。

他住了十几日,伤轻了他就离开土匪找部队去了。他瘸着腿,千里迢迢装成要饭的叫花子往北走,但一直没找到部队,不得已就回鲁西老家了。

村干部和村民大都不信他说的受伤掉队,说他是逃兵。

他受不了这坏名誉,弟弟宏坤说:哥,我带你找部队去。

经过千难万险,他最终找到了部队。排长说:你小子还活着呀?我上报你阵亡了。

大家高兴地抱在一起,热泪盈眶地欢呼。

活着的武宏恩歪歪着站在那儿,诉说了突围掉雪窟窿被救经过,他腿瘸了,已不能在部队打仗,就向部队要个证明,回乡后好给村政府一个交代。

团长给他写了证明信,证明他不是逃兵,是作战勇敢的战士,因战伤致残,请村政府照顾其生活。盖上团长的手章,他当宝贝装身上。

团长说:你回家吧,在家也能做革命工作。你弟弟留下当兵行吗?团长跟他们商量。他哥俩都同意。团长安排战士送他回家,弟弟宏坤参了军。

武宏恩给政府交上团长的亲笔证明信,恢复名誉,享受了政府优待,在老家安度晚年。

送公粮

这次送公粮轮到了晋光钱。村上送公粮有个规定，各户轮流送。

公粮送的多是一趟，送的少也是一趟，论趟的。

晋光钱这次送的公粮多，十几口袋棒子、豆子，送到堂邑县抗日民主政府驻地张庄。

去张庄的路要过鬼子的据点，绕道的话也跳不过炮楼。炮楼上虽然鬼子不站岗，但伪军荷枪实弹站在那儿，也挺吓人的。

过岗哨，要说给伪县政府送的公粮，且还查看介绍信。鲁西俗话说的看看"说头儿"。

晋光钱算村上小富裕户，按土改工作团的标准说，就是个富裕中农。中农是我们的团结对象，不是打击对象。

八路军冀南七分区，独立团程子方团长，告诉晋光钱，土改的时候把地献出来，献给村农会。自己留点地够吃的就行，这样可评为献地户。

1943年的母亲

晋光钱说：行，我听您的程团长，俺留上二十亩地够种的了。

晋光钱地多一家人忙不过来，雇刘庄的刘来财来打短工。有雇工的户就有剥削，弄不好晋光钱成分会划成富农。这是程团长说的。

晋光钱表现得积极，向村农会靠拢，去年报名参加了民兵小队，今年当了民兵队副。尽量多为村上做些工作。

晋光钱上过私塾，是村上文化人。他跟抗日村长商量，怎样拉着公粮过据点。说给伪县政府送公粮，说好说，汉奸看"说头儿"咋办。要有伪区公所的介绍信。最难办的是区公所的大印，一寸多见方的大红印章。

最后晋光钱想法用白萝卜刻印。他从菜园拔了个大白萝卜，用刀削成方的，把写的大印字贴到萝卜上，然后揭下来，用削脚刀慢慢刻出来。晋光钱写好介绍信盖上印章，红红的字不错，不仔细研究看不出真假来。

晋光钱出发前的准备工作已备停当。大车搞上油，皮套股捋顺好，粮食装上车，牵来两头大牛套上。晋光钱包上羊肚的毛巾，坐前车盘子上，拿大鞭赶车。打短工的伙计刘来财，穿上大褂儿，戴着礼帽，墨黑的眼镜一架真跟先生差不多，侧歪在粮食口袋上，翘着二郎腿。

这回掌柜的和伙计掉了个，这是晋光钱的主意，为的是应付突发事件。

晋光钱告诫刘来财，遇事不要慌，看我的眼色行事。晋光钱长鞭一甩，"呱呱"地出村上了大道。

两头大牛拉千八百斤粮食不算个事，不觉不知炮楼就在眼前了。

远看有个皇协兵站岗，背着大枪，来回走动。

这时晋光钱把大鞭甩起来，"呱呱"地打响鞭，给自己壮胆。

皇协兵一听鞭响，扭过头来看，俩人拉大车朝据点而来。到近前拉枪栓唏里哗啦响。

站住，干什么的？！

晋光钱一声：吁——站住车。说：老总，送公粮的。

哪村的？皇协兵问。

刘来财挺起身子回答：腰窝镇的。

有"说头儿"吗？皇协兵要看介绍信。

有。晋光钱说着，递给他支烟。

拿过来我看看。

晋光钱掏介绍信，抻开信递给皇协兵。

这时晋光钱的心跳到嗓子眼儿。

皇协兵拿过介绍信来，转着圈看信。

此时从炮楼里出来个歪戴帽子的破兵，叼着烟卷，问：干什么的？！站岗的皇协兵对他说：班长，这是送公粮的。

班长模样的家伙，一把拿过介绍信，说：我看看！

晋光钱、刘来财两人吓毁了——看出毛病来咋办？

班长拿在手里看来看去，他是倒着看的！嘴里还念的嘟嘟囔囔。晋光钱眼见他不认字，差点笑出来。

皇协兵班长把信递给他，说：走吧。

晋光钱一甩长鞭，"呱呱"地过了鬼子据点……

1943年的母亲

秋　收

　　八路军李团长会上强调，各区队抓紧帮老乡收秋。做到快收、快打、快晒、快征、快藏，打一场秋收藏粮战，坚壁清野，决不叫日伪军抢走粮食。确保抗日军民口粮不落敌口。

　　父亲散了会就朝家南地里转去了。棒子已麻花皮了，个头不小，在棵上歪歪着，今年收成很不错，再过几天就能收了。

　　日伪汉奸土顽对老百姓的大秋虎视眈眈，想把入囤的粮食抢走。李团长要求区队保卫好就要到手的粮食。

　　会后，男女老少齐上阵，抓紧抢收抢打。收秋的进度不慢。

　　鬼子和伪军看准了火候，出动抢粮。

　　五区樊庄吃了亏。

　　那天五区的三十多名区队战士，帮助樊庄老乡收棒子，干得热火朝天，人欢马叫。日伪军出动百多名，悄悄地摸到樊庄地里，到区队发现已经晚了，战士再去地头拿枪，仓促应战，多亏迅速转移到玉米地里，才跑出了敌人包围圈。

原因是没放岗，放松了警惕性。

此后各村、各区收庄稼时要严加防范敌人偷袭。

父亲要收家南地的棒子，八路军24团的麻班长带班里战士帮忙。麻班长派俩战士在地两头放哨，其余的帮我父亲砍棒子秸，母亲跟姑姑们掰棒子。麻班长干庄稼活利索，他一手抓棒子秸，一手甩开膀子砍棒子秸，过去就七垄棒子倒下了。棒子秸放的斩齐，一看就是把式活。

母亲半晌回家做饭，中午把饭送到地里。棒子窝窝，老咸菜，米汤一捎一罐子。

麻班长见母亲送饭来了，对父亲说：大哥，嫂子送饭来也不能吃，俺们回去吃。

麻班长一说回去吃饭，父亲急了：班长，弟兄们帮俺干一晌活，汗巴流水的，咱又没好的，吃个窝窝怕啥的！李团长批评您，我找他去。

麻班长说：不是批评不批评的事，您是明白人，八路军的纪律咱不能犯。

父亲把窝窝分给战士们：兄弟，吃！别怕。大哥我不是图管你们饭，大哥是抓紧时间，回去吃饭一个来回半晌白费了。班长，吃吧，孬好吃口饭咱今天摸摸黑，能把这块地收完。

麻班长说：我也知道，回去吃饭耽误工夫。可是……李团长那头你给说去。

1943年的母亲

父亲一拍大腿说：班长，李团长没事，他真批评，我听着，目的是快收秋。

麻班长笑了：大哥，说心里话，我是怕您家粮食也不多……

到天黑，麻班长一班人马，推车的、拉车的、肩扛人抬把五亩地棒子收家来了。

晚上母亲姑姑们就挑灯夜战剥棒子，随剥随拔到房上摊开晒。

父亲一看这样晒棒子穗太慢，又改为剋棒子粒，全家齐剋棒子粒，白天父亲把棒子粒摊开，单摆着一层，晒棒子粒，这样干得快。几天把军粮晒得嘎嘣嘣，交到村上。村长夸父亲交的棒子干。父亲说：上级要求最好的粮食交公粮，最好的被子铺担架上嘛！

藏粮是最要紧的一项工作，一定确保不受潮，不叫敌人搜去。父亲领了藏粮任务。

父亲找麻班长商量，他问麻班长：这粮食咋藏啊？又得保险，还得保干。

麻班长问父亲，大哥您有地势高的地块吗？就是下雨不存水的地方？

父亲告诉麻班长，说：班长，俺有块旱地，在村北辘轳沟东。离家多半里地，不远。

麻班长拍板：大哥，好！咱就选你这块旱地。晚上行动。

父亲跟麻班长的战士挑灯夜战，挖小井儿。能把盛四五百斤粮食的荆条囤放下去,周边留半尺的空隙。

麻班长叫父亲拉了些麦糠来,麦糠铺到囤底,囤周圈围上麦糠,囤里装棒子,顶上蒙麦糠,麦秸伪装好。

父亲跟麻班长藏的粮食没出一点问题,受到区委表扬。叫父亲介绍经验,父亲说,是班长教我的办法。

这个办法很快推广开了。敌人下乡抢粮光在村里搜查,翻箱倒柜,一点粮食也没搜去。

父亲和八路军24团、区队打了场漂亮的秋收、藏粮保卫战。

1943年的母亲

烽火中的婚姻

　　枪声稀稀拉拉停了。鬼子和伪军说跑比兔子还快，丢下几具尸体，一会儿就看不见影了。八路军24团首长下令不再追击，找地方宿营。

　　排长楚存良挂花了。他说不重，子弹穿了小腿肚子。扎上盘尼西林是没大事，可卫生队没了，甚至消炎药也快没了。

　　鬼子扫荡，封锁根据地急需的药品、食盐和粮食，部队困难到了极点。卫生员只能对他进行简单包扎。楚存良跟部队行军打仗已不行，只能住到老乡家养伤。

　　李团长安排把楚存良送到宋庄宋老十家。老十是贫苦的基本群众，对八路军有感情，队伍上同志常到他家住宿吃饭，他老伴也照应得熨帖。

　　喊开宋老十家门，把楚存良抬进来。十哥，咱楚存良挂花了，在你家住几天。老十说：住啊。十哥，没吃的找区里。有，还有点吃的。不叫咱同志挨饿。放心。这包盐一点消炎药给你。

楚存良说：老叔，给您添麻烦了。老十说：您打鬼子脑袋掖裤腰带上，图啥？区队同志临走嘱咐老十：千万要注意，别让伤口发（感染）了。

老十一家三口，他老伴和老生子闺女秀玲。扶楚存良到里间屋炕躺下后，老十关了大门，顶上了杠子。大娘烧开水端来，晾得不烫放点盐给楚存良清洗伤口。大娘把楚存良那根裤腿铰开，用干净布蘸盐水先洗伤口周边，大娘说：孩子，会疼的，杀得慌。楚存良说：大娘没事，您洗吧。当盐水洗到伤口时，疼得楚存良一抻腿，大娘心疼得一哆嗦！楚存良汗出来了。摁着楚存良的老十也紧张地出汗。宋秀玲急得在屋里打转悠。一场战斗结束了，宋秀玲接过盆子把血污水倒茅坑里。防着鬼子汉奸的贼眼狗鼻子。

秀玲去邻居家要点白面，借来鸡蛋，老伴给楚存良擀面条打荷包鸡蛋。楚存良感动得热泪盈眶，他知道大娘一家吃掺菜掺树叶的窝窝团子，甚至连个咸菜条儿都吃不上。看着喷香的葱花鸡蛋面条下不去筷子……孩子喝吧，吃饱伤好得快。俗话说，饱疮饿病。

几天下来楚存良伤口轻省起来。楚存良解手要去茅厕，老十不许，在炕上就行，他为楚存良端屎端尿。老十秀玲扶着楚存良慢慢的能下炕坐坐了。

一天街上敲锣，嘡！嘡！：各家注意，皇军要粮，预备好，下集来收！嘡！嘡！……老十一家紧张得大气不敢出，

1943年的母亲

是鬼子伪军进村了？楚存良早听到了锣响了，扶住炕沿要起，被老十摁下：别动，我去看看。老十从门缝往外瞧，光保长一人打锣喊叫。

老十回屋说：没大事，鬼子没来。他娘的要粮食，树叶都快吃没啦。

大娘说：她爹，你得想想办法啊。到下集还五天，鬼子来了翻粮食，楚存良事大。

老十说：到时楚存良藏到山药窖子里。他们要粮食，不是搜查咱八路军。山药窖子盖几个月了，先敞开透透气，我下去打扫打扫，铺点干草，到时候楚存良下去躲躲。

楚存良说：再四五天我就好了。十哥这样吧，下集头天夜里我走，以免连累您。

老十说：看你伤好的怎样再说。

几天来楚存良拄棍子练走路，伤好得已差不多了。说好天擦黑儿就走。大娘和秀玲高兴地准备做顿饭，吃了送楚存良，饭还没做，突然响起了"咚咚"的敲门声——坏了，鬼子来了！

伪军在外面吼：开门！开门！

老十和楚存良都紧张得你看我我看你，咋办？

老十说：往窖子里去不成了，赶快躺下装病。若汉奸问就说，就说、说咱们是亲戚。

老十说：事到如今只有这样了。秀玲你倒碗水喂楚存良，我去开门。

外边大叫，老十就边走边说：来了，来了。

鬼子伪军呼地进来：磨蹭啥了？不开门，是不是窝藏八路了？

老十说：有病人。谁敢藏八路啊，这不快来了吗。老总收粮食啊？

伪军白他一眼：今天搜八路。

伪军进屋一看：躺的这个，是不是八路？

老十、大娘都说：是俺亲戚。

伪军问：啥亲戚？

老十看一眼秀玲，说：是俺女婿。

秀玲脸儿腾地红了。

伪军贼眼溜溜转到秀玲脸上：女婿？谁能证明是你女婿。

老十、大娘说：女婿还有假的。

伪军问秀玲：他是你男人？

秀玲答：是啊。

伪军又说：你男人？那你亲亲他一下，我看看。

老十说：老总，这么多人，不好吧。

伪军眼一瞪：我就要看。

秀玲心一横，趴下轻轻吻了楚存良。

老十说：老总，行了吧。女婿有病。

伪军看一眼鬼子，说：不行。你俩钻一被窝睡睡我看。

秀玲坐炕沿上把鞋一脱，跟楚存良躺在一块……

另个伪军说：差不多就行了，走吧。

鬼子和伪军走了，老十全家和楚存良松了口气。秀玲羞

1943年的母亲

得躲到自己屋里……

打跑了日本鬼子,楚存良已当上了营长。

楚营长请假回老家探亲,找到老十家感谢当年的救命之恩。扑通,给老十跪下。之后,他托村长向老十闺女求婚。

楚营长几天假里,吹吹打打迎娶了秀玲。

1943年的母亲

1943年春天,是鲁西军民抗战最困难的日子。

赵林仰脸看天,还是一丝云彩没有。老天爷下点雨啊!母亲和弟弟妹妹们咋熬啊?太阳白花花的照着干裂冒烟的土地。一年多没下雨的老天爷爷,不要这方人了。树叶吃光了,连草根也挖出吃了,树皮剥光了,凡是能吃的东西都填到肚里了。人饿的面黄肌瘦,三根筋挑着个头,骨瘦如柴。走着走着头晕眼花倒下再也起不来了。逃荒要饭。妻离子散。家破人亡。饿死屋里没人收尸。许多村庄断了人烟,破墙烂屋。狐兔出没,赤地千里,饿殍遍野。

日伪疯狂扫荡,土匪汉奸抢粮,杂牌兵掀锅有菜窝窝抓起来就吃。

县大队粮食没了,生活困难到了极点。司务长唉声叹气,战士经常饿肚子,吃了上顿,愁下顿。

那天24团李团长来大队做形势报告。中午李团长跟大

1943年的母亲

队领导被特委接走吃饭去了,战士没饭吃,下午饿着肚子听报告。

李团长讲着感觉不对,就问赵林:你们吃饭了吗?赵林实话实说:没吃饭。咋回事?李团长又问。李团长,司务长没借来粮食。赵林回答。李团长马上写条子,让团里给一顿饭的粮食。

赵林母亲领着三个弟弟妹妹要饭。弟弟8岁领着6岁的妹妹。3岁的小妹母亲背一段走一段。一个村一个村的找儿子。

终于找到了,母亲远远的看见了赵林。母亲叫弟弟悄悄地喊来哥哥。赵林来到她们住的破车屋,母亲看见他就哭了,说:我好几天了,心不稳,眼皮跳,听说你们又跟鬼子打一仗,找几天才找到你。

赵林说:娘,我这不挺好啊!娘脸上露出点笑意。

母亲给赵林补鞋,补褂子。赵林几天来把午饭省给母亲小妹吃一点。没把娘往连部领,也没对别人说。

一天吃饭连长没看见赵林,就问。通信员说:赵林端碗出去了。连长说:快去找。

连长听通信员一说急了,亲自把赵林娘接到连部,连长对指导员说了。不一会战士送来许多半个的整个的窝窝,放到赵林母亲篮子里。这是连里号召党员每人少吃一口一块省下的。

赵林送娘和弟弟妹妹回去。赵林跟娘说:娘,以后别来了,战士也吃不饱。母亲点点头。儿啊,娘不是饿来的。娘是挂着你才来的。娘知道不该来。赵林眼里泪打转儿。

35

他看着娘领着弟弟妹妹慢慢离去,中间是娘和弟弟,四人并排,消失在荒野……

这么苦的日子,赵林真怕娘她们挺不下去。

若是要到些吃的,娘就叫弟妹们吃。

娘吃啥?

娘吃弟妹们咽不下的树皮草根。

娘的肚子难道是特殊材料做的?

娘抻脖子瞪眼强咽啊!

娘啊,世上还用造"苦"这个字吗?!

娘,您就是"苦"的代词。世上还有比娘能吃苦的吗?还有比娘疼儿女的吗?!

妹妹便秘,娘下手抠。娘啊……

赵林回部队没吃晚饭,他把晚饭支出来给娘拿走了。

转眼冬天来了,县大队早晨跟日伪扫荡队遭遇了,战斗进行到上午十点,战士们准备吃早饭。这时通信员来叫赵林,说:政委找你。

赵林心里一动,啥事?平常政委说话总笑眯眯的,这次一脸严肃。

赵林,你母亲病了捎信儿来。这样吧,准你几天假回去看看。带上袋米。

房东大娘像母亲一样,对赵林说:孩子带上这个小包袱。不到家别破开。啊,听大娘话。

孩子拿着吧。大娘说完扭脸抹眼……

赵林快步朝家奔去。他想昨夜起来解手,北屋灯影里大

1943年的母亲

娘和闺女做着活。

天黑赵林到家,弟弟妹妹坐在门口哭着扑向他。说:哥哥,咱娘死了,小妹妹也死了,你咋才回来?

赵林泪刷地下来了:咱娘多咱死的?

咱娘死三天了、小妹俩月前死的。

赵林趴在娘身边哭起来。

乡亲、村干部来了。弟弟说:哥哥,咱娘死了村长不叫要饭去了,在村长家吃饭。

娘占棺材不可能了,就是苇席也没有,村干出钱买了领席。

他们破开了房东大娘给的小包袱,一块儿白布、复的(白布缝在鞋上)四双白鞋!

原来昨天晚上接到的信儿,没对赵林说。房东大娘家一夜赶做的。

找 鞋

柳玉考入县师范,对学校不许宣传抗日、不许集会演讲等非常不满。

恰北京流亡学生移动剧团途经县城搞了几次演出。他们高唱抗日歌曲、演抗日斗争的话剧、搞抗日诗朗诵等。生动感人的抗日宣传演出,活灵活现剧中人物,吸引了一腔热血的青年学生。

柳玉跟几位同学商量参加移动剧团。

她们悄悄离开学校,走上了抗日的道路。随剧团来到聊城演出,晚上给父母亲写封信,告诉爹娘离开学校来剧团了。

信大意是:

父母亲大人,见字如面。当您二老收到信的时候,您的不孝女儿可能离开聊城了。

1943年的母亲

爹、娘，不要难过，不要哭。请原谅您女儿的不辞而别，没到家去告诉爹娘。因为"家"很快就要没了，日本鬼子的铁蹄马上就要踏到咱们家乡。

中华民族到了危急关头。抗日的烽火已到处燃烧。热血儿女都举起刀枪走上抗日战场。

爹、娘，您二老一口饭一碗水，一把屎一把尿的养育、拉巴了我，女儿十七岁了可还没疼过爹娘。国家培养了我，国家危亡您女儿能袖手旁观吗？到了为国而战的时候了，女儿要报效祖国。

家无男儿，女儿要出征，决不当亡国奴。坚决打败日本侵略者，把他赶出中国去！胜利后再回家看您，再孝敬二老爹娘。

二妹三妹小妹要听爹娘话好好读书，大了报效祖国。

请父母再次原谅不孝女儿不辞而别。

女儿，柳玉跪笔。1938年×月×日

柳玉父母接到信，读着哭、哭着读，连夜赶到东昌，为女儿送行。其父深明大义，对女儿此举给予理解和支持。

聊城沦陷前夕剧团到达临清（当时为国民党省政府所在地）。国民党为控制剧团，趁机派进团长和敌工。

柳玉和抗日的共产党员、民兵队员与投降派之间展开了激烈的斗争。在剧团危急时刻柳玉跟临清地下党取得联系，得知我冀南地委、行署和八路军在南宫，柳玉她们毅然决然投奔红军。

在一下雪的冬夜她们离开临清，奔向南宫。从此柳玉才感到自己真正获得了新生。

她写了入党申请书，请党组织考验，看我的实际行动！夜间行动部队面对平原村庄的一个个紧闭寨门的土围子，不便去打扰淳朴的农民，他们对敌伪匪杂真假难辨，喊门会开吗？数九寒天刺骨的北风，战士们不光饿肚子甚至连口热水也喝不上。在铁的纪律面前，柳玉她们在围墙外依偎一起互相取暖，还能进入梦乡。

天明老乡打开寨门，看到一身寒霜的队伍，颇为惊讶。柳玉她们烧了柴草烤火坚决给老乡钱。

受感动的老大娘说：孩儿来，冻毁了吧，烧点柴火咋还给钱啊？妮儿啊，你是洋学生吧。

柳玉告诉她：大娘俺是八路军！是咱老百姓的队伍。

她们送来热水热饭给柳玉她们。这种队伍跟鬼子皇协杂牌不一样，是不偷不抢不砸不烧不杀人的八路军……

这年腊月里鬼子在我华北开始第一次大扫荡，形势非常严峻。

为保存实力，柳玉她们剧团向山区疏散转移，途中遇到八路军肖华支队，剧团遇上了救星。

鬼子的机械化部队在大年初一凌晨包围了清平县南的成固营，打了个措手不及。哨兵发现敌人时已到了村边。

机枪步枪小炮密集地射向这百十户人家的小村。柳玉的剧团迅速地起床，和非战斗部队在首长指挥下跟群众转移。

人喊马叫，从西寨门向外突围。柳玉背着二胡、竹板儿

1943年的母亲

一边跑一边听从口令卧倒。有的倒下了再也没有起来。突围后刚刚会合到二三十里开外的谭崔庄，还没喘口气，鬼子又一次包围了她们。我八路军给予猛烈的反击，我军的炮火摧毁了敌人的包围，鬼子伤亡惨重。

此时发觉我方是一支战斗力很强的正规主力部队，敌人就不敢轻举妄动了。

柳玉参军第一次经受战斗考验，随部队急行军到了一小村庄。此时，已到了下午四五点钟，天擦黑儿了。她们一天没吃东西，疲惫不堪，累得走不动了。柳玉躺下休息会儿，衣服未脱绑带没解喘口气。

鬼子的枪声又迫使她们再次参加战斗。柳玉扑棱从炕上跳下来，集合的哨子吹响了。

当她随大家一起跑到院子里，才发现自己只穿了一只鞋。

她大喊一声：我只穿了一只鞋！嚷着转身回屋找鞋。背三弦的姑娘指着她手里的另一只鞋说：那不在你手里吗！战友们一阵哈哈大笑……

这笑谈伴随她一路走来。一直到离休，想起来还笑当年的幼稚惊慌。

区长脱险

李区长带小樊和区队员下村催缴公粮。天晚了,明天还去附近村,决定住下。

村长说,李区长住我家吧。李区长说,不行,今天在你村活动,不能再住。要不住到北边小庄儿?李区长略一沉思,说,住小庄儿也不妥,鬼子扫荡前段不也围过小村吗。二十来户如遇情况回旋余地小。走,住腰窝镇。

腰窝镇三百户大村,地处聊临交通要道。李区长一行四人悄悄进镇,来到符家店前。大梢门可往里赶车,紧闭着。小樊掏出个东西插进门缝一拨,大门就推开了。

符家店是抗日堡垒户、交通站,政府人员常驻这里知道开门机关。店主允许抗日政府不用喊门。李区长敲符老板屋门"当当当"。

符老板刚睡下,问:谁啊?李区长小声回答:符大哥,是我,善亭。符老板一听是李区长,扑棱坐起来,边穿衣服边点灯,说:李区长啊,这么晚了,有情况啊?

李区长说:没事。我下村晚了,住你家。符老板开开门,让同志们进来。符大嫂也起来了,李区长喊:嫂子打扰您,添麻烦了。符大嫂说:外了不是?没事,常有住店的和区县的同志来,惯了。

嫂子遂问:李区长,您还没吃饭吧?文书小樊一笑:没吃哩,婶子。大嫂说:好,你们先喝水我就去做。李区长说:嫂子别麻烦,简单点。

大嫂开店做饭,"喀喀喀"几刀切了葱花,倒锅里一炝长水熬饼子窝窝。热气腾腾的端上来。她说您先吃着我再烙几张面糊饼。这就够了嫂子,不用烙饼了。李区长说。

嫂子把香喷喷的面糊饼端来,这里早吃饱了。没人再吃饼,嫂子把饼放到一边。文书算账写了条子,他们便到西屋睡觉。

三间屋,北间李区长睡下,南间睡小樊和一队员,当门铺上草苫睡一队员。年轻人躺下就打呼噜了。

天刚放亮,李区长解手回来又睡下。他听着有动静,遂来到院子听,确实有队伍的声音。这时符掌柜的儿子跑家来喊他爹,鬼子来了,还有伪军、洋马、洋狗。

屋里他仨都惊醒了,小樊把文件、印章交给李区长,李区长包好扎在腰里。

李区长握着匣枪,把竹帘子放下来,告诫大家不要慌,敌人不进屋不开枪。小樊一把手枪,队员两杆大枪六个手榴弹。李区长分工,敌人如进屋我就开枪打。外边的敌人就会后退，一个队员往外扔手榴弹。趁手榴弹的烟雾另一队员先往外冲，我们翻墙往东走。出去到马颊河崖会合。布置好任务，李区长、小樊和一队员分别站在门两边。大气不敢出，准备战斗。

符掌柜此时站在院子里往西屋看，还没跟李区长说话，敌人就进院了。

三个伪军，端着枪明晃晃的刺刀冲符掌柜来了。符掌柜面不改色地迎着刺刀走过去，说：老总，您有事啊？你家有八路，赶快交出来！仨伪军瞪着贼眼东瞅西看。

符掌柜镇定冷静地说：老总说笑话。我是开店的，有过路住店的，八路可不敢来，不信到屋里看看。

说着就往北屋招呼伪军，嫂子出来了喊伪军，屋里坐、屋里坐。他仨没进屋，忽然一个说，西屋里有八路！

嫂子心里一紧，毁！

那是我兄弟和弟妹，年轻人还没起哩。

符掌柜是见过世面的经过场的，脸色依旧没一丝惊慌。

老总，北屋坐吧，西屋不方便，怪不好意思的。你们饿了吧，我做饭去。说着嫂子就往北屋走去。

听见吃饭二字，伪军还真饿了，跟鬼子跑了半夜没吃东西。

一伪军说：做饭来不及，有现成干粮吗？

听伪军想吃饭，嫂子悬着的心落下来，说：有现成的，昨天晚上烙的饼，请老总吃吧。

他仨抓起饼往嘴里塞，好！好吃！这时一队长模样的伪

1943年的母亲

军恍啦恍啦地进了院，喊：桑大个！哪去了？！空气遂着凝固了，西屋北屋都紧张起来。

桑大个嚼着饼出来：队长，在这儿呢，饿了吃点。

队长朝西屋看一眼，问：西屋搜了吗？桑大个说：搜了搜了。你也吃点吧。队长一看吃的饼，符掌柜也附和，长官也吃点吧。

他不客气抓起来就吃，刚咬一口，外边集合哨"嘟嘟嘟"吹响了。走集合去，抓着饼装到兜里。鬼子伪军刺刀上挂着鸡、鸭，集合起往南甯了。

符掌柜跟嫂子进来西屋，说：李区长您是大命的。

李区长夸：符掌柜有你的。对着刺刀面不改色，不紧不忙，沉着应对，把他们骗走了。李区长拍着符掌柜的膀子：好样的，有胆量。

我给县长当桌子

老革命李政稳八十多了，身板硬朗。

当年的李子跟栾县长闹革命才十五六，警卫员、勤务员、通信员一肩挑。那次县大队被偷袭，他办了一个鬼子还打趴一个，突围出来隐蔽在夹皮墙里。栾县长给中心县委写东西。没桌凳，李子说：县长，我蹲下举着马灯在我脊梁上写。

栾县长笑说：李子，你给我当办公桌了。等打跑鬼子，建新中国，在县政府叫你坐我办公桌上过过瘾。

一次战斗他腿被打穿了，发炎肿得跟小孩肚子样。高烧迷糊，眼看活不了。八路军冀南七分区24团转到马颊河来。栾县长把他送到24团，卫生员不敢下手，说：这么重看不了，得转分区卫生所。上哪儿找卫生所？找到他也没气了。

栾县长说：我相信你。活人当死人治。

团卫生队，有镊子、针管针头，手术刀是铁匠打的刀子，消毒用白酒，盐水清洗伤口。麻醉药、盘尼西林早没了。

1943年的母亲

卫生员说：他小腿坏死，必须截肢。栾县长你得抓紧找盘尼西林。

栾县长说：你说咋治就咋治。

卫生员作难，说：栾县长，截腿咱没手术锯。

栾县长问她：拉树的锯行吗？

卫生员说：也只能用那种锯了。

栾县长说：我不管用啥截了就行。

锯条锅里煮，毛巾包小棍儿李子咬住。胳膊腿绑床上，四个战士摁紧。栾县长说：兄弟坚持，咬紧牙关！一会儿就完。老李疼得把棍子咬断了，浑身淌汗往床下滴答。栾县长褂子溻透了。想想我们手上扎个刺还疼得很。它连钝刀子都不是，而是拉树的锯条！

李子，真正的钢铁战士！！！没麻药，像锯木头般把他小腿锯下来！李子疼死又反醒过来。他硬挺过来了。

李政稳回村上做革命工作。

解放后，栾县长任专员。李子骑驴进城看栾县长，门卫不叫牵驴进专署。

他说：我找栾县长！找栾居山！

老战友见面，李政稳不敢拥抱老县长。倒是专员拥住了他，都掉泪了。

栾专员说：兄弟，过的咋样？

李政稳，擦擦泪：凑和着过哎。

栾专员说：我许的咱胜利了，叫你坐我办公桌上，今儿兑现。

李政稳在褂子上擦擦手，摸摸老县长的桌子。说：那不叫人家笑话吗？

栾县长说：那坐坐我椅子吧。也算兑现。

李政稳坐栾专员椅子上，两手扶住扶手，屁股颠了三颠。说：不孬，坐江山啦！！

栾县长给他要了新拐，到省民政厅定做假肢。

找定补他麻烦栾专员，虽然规定：红军、西路军、八路军、新四军、解放军、志愿军和中国共产党领导的脱产游击队都享受国家优抚的定期补助。但李子需确认在县大队属脱产游击队。

人说李政稳：你背脑瓜子革命，也没弄个一官半职的？他说：都当官，谁干活？要跟牺牲的战友比，我还坐过江山哩。

他当大队书记，公社书记夸：老李啊，你当社员别说"五好"，"八好、十好"也合格。大队书记当的不易。老李没文化，打游击跟栾县长学的几个字。退下来闲不住，好操心。

有次因提留，他背根假肢上县啦。门卫挡住，他想抡假腿：老子革的命你在这享福，我打鬼子那会儿你还在腿肚子里转筋。民政局来人把他接进去。

李政稳说：您光说县长在哪儿办公就中。没人告诉他。

我革一辈子命，图啥？！难道连县长在哪儿办公都不叫知道吗？！

他褂子一扒，说：当年县长在我脊梁上办公。他脊梁上

1943年的母亲

那块块伤疤亮闪闪的像勋章！

不找县长啦，回家。

正碰上县长下乡回来，他嘟囔县长县长的，县长问：老大爷啥事？

我不跟你说，您这些好同志都不告诉我县长在哪办公。

我就是县长。

那我不白来，见县长了，回去好跟庄乡爷们说，要不他们笑我白革一辈子命。

啥事啊？给我说。

没事啦，民政局跟我说了，县长你忙去吧。

县长一指：看见了吗，二楼中间就是我办公室。

县长对秘书说：让小车班开车送。

我上英雄台

米王氏孤灯落泪。

说他龙马村拔尖儿小伙儿，我嘛数一数二媳妇儿。她一想这就受不了，寻好小伙儿还不如寻赖的呢？人家装"狗熊"的现在成双成对的下地、一个牵牛的，一个抱草的，喜喜欢欢、叽叽嘎嘎那才叫两口子。

俺守活寡，活自个儿干，重活找人帮忙。找也找年长的，不叔叔就爷爷。

就为上英雄台，娶俺一夜，参军走了。

那天吹吹打打把俺娶进米家，踩火盆、蹬花糕，以后日子红红火火、步步登高。俺坐到炕上他掀了俺红盖头。掀盖头把他震了，红鞋、红裤、红袄、红头绳、红花、红嘴儿，黑头发、黑眼珠剜他一眼……本该做小两口了。憨玩意儿光坐杌子上抽烟。外边听房的一群群的，这伙儿来了，那伙儿走了。

1943年的母亲

  鸡叫三遍眼看天明,俺厚着脸皮说:你不打个盹啊,累一天啦。给他脱鞋脱袜,解扣儿。钻被窝里,俺把他的凉脚放俺肚子上暖。他还往回拽不好意思,俺暖半个时辰才缓过来。天明他就换军装,小被子一打开擦了。俺好命的话,要一年两年几年摸不着他个人毛儿,见不着个人影儿,也不打紧。要是孬命,枪子儿不长眼,受伤、缺胳膊少腿……
  不敢想了,俺把脸一抹。
  憨家伙还往外挪身子,怕挨俺,俺拱一点儿他挪一点儿。俺心里难过,哭了。俺一抽一抽的哭,他吓毛了。说:咋着啦,俺又没咋着你?
  你没咋着俺就是咋着俺。你不喜俺,嫌俺。
  我不嫌弃你,也没不喜你。
  那你怎么一个劲的挪,不挨俺?俺愿意你那样的。
  他没……
  我豁出去啦,眼看天明,就哭着拽他。他就不,往外闪。
  你别哭行不?
  你不要俺?
  你听我说,我不是不喜你,你长这么好看,咱村数着了。我也不是不想,我要那了,你就不是黄花闺女了,怎么走主儿?就是有要你的,也打折扣!
  他边说边穿衣裳,俺就捶他没良心,坏家伙。无论我怎么着,他不动手、不还口。
  不许你说憨话!我哪儿也不去,嫁鸡随鸡,嫁狗随狗。生是米家的人、死是米家的鬼。

能不上英雄台吗？我是民兵队长。你愿意看我在"狗熊台"站着？我打仗去，打仗就是把脑袋掖裤腰带上。

不能胡说。我在家等你，村长不是说，等你的立功喜报吗？

我不是说憨话，俺要光荣了，你走个主儿，反正咱没……

你再说憨话我就碰死！

场园里搭好两台子，一英雄台一狗熊台。"英雄台"三个大红字，"狗熊台"三个白纸黑字。对联：谁是英雄谁好汉，过去黄河看一看。松枝彩门下，锣鼓喧天、口号震天，憨家伙披红带花，白羊肚手巾扎头……

场院里人山人海，临村都来人了。俺不敢看他，含着泪回家来。

俺盼星星盼月亮，过了初一等十五。多少苦俺咽肚里，多少泪湿枕头，盼来张什么证书。俺知足了，他还活着。俺干活也有劲了，也有笑模样了。俺有盼头啊。那张证书还叫俺签名，叫什么收执，村干说，你签了字给乡里再邮回队伍。公公把这张证书贴到堂屋墙上。

证书烂的快拿不成个儿了，背面用纸粘了几层，我快速地抄下来，写的潦草，有的字不认识了，慢慢顺。是竖排版的三色印刷。最上边是毛主席和朱总司令像，两边各三杆半卷的红旗下垂黄穗儿。右边是米王氏签字回执裁下剩的一半。这应是革命文物。证书内容如下：

1943年的母亲

中国人民解放军西南军区革命军人家属优待证明书

兹证明王德清同志系一九四四年十一月参加本军,任(兵)六团团部通信员职务,其家属山东省堂邑县烧饼兆村,请人民政府根据优待军属条例,及其家属实际情况给以适当照顾。

特此证明

司令员:贺龙

政治委员:邓小平

一九五一年三月一日

这大概是在西南军区解放西藏前夕,邮到米王氏家的。当年这一纸证明起大作用了。既稳定军心又安抚家属,前后方和谐。

1952年,她家人拿着《优待证明书》找到民政局,后转优抚科处理。要求照顾米王氏及父母。

王德清壮烈了?失踪了?说不清。

锄　奸

杜区长接到县委指示。尽快铲除贾庄据点汉奸二麻子。

八路军冀南七分区24团若不半夜迅速从腰窝镇转移，那后果不堪设想。

正月十五夜里，形势万分危急，鬼子调集十三个县的中队和汉奸皇协两千多人凌晨五点对腰窝镇实行合围。想一举消灭24团。

杜区长想，我地下情报人员立了大功。24团几百人，轻重武器不错，以战斗力强闻名，是这一方百姓的主心骨。前不久24团在柳林东吃掉鬼子一个中队，仓惶逃走十几个鬼子去临清。那仗缴获歪把子机枪一挺，长枪十一杆，还有子弹手雷等。

鬼子恼羞成怒，这次对24团是报复性合围。出动汽车30辆，马几百匹。不过，24团还是从装备精良的鬼子汉奸包围圈突围了。

1943年的母亲

好在24团和腰窝镇躲过一劫。

怎样把汉奸二麻子办了，平民愤，慑敌顽，完成县委交给的任务？

二麻子虽一脸麻子，但长得模样不错。跟他老娘俩人过，穷日子没寻上媳妇，不干正事游手好闲，好人家的闺女不寻他。当了伪区部的乡丁，借机吃喝玩乐，敲诈勒索，玩女人胡作非为。鬼子一来，有奶便是娘，靠上去。他更加肆无忌惮，有恃无恐，歪戴帽子斜挎枪鱼肉乡里，横征暴敛，打骂群众。杜区长和区队对他多次警告无效。死心塌地认贼作父与人民为敌。他生性狡猾、奸诈、孬点子多。

贾庄据点逢大集那天，四乡百姓熙熙攘攘往据点赶集。从西边走来仨人，老的肩上搭赶集的布袋子，俩年轻人一个扛根扁担穿着绳子，一个空手轻装。走到寨门，良民证一亮，乡丁放人进寨。

他仨到街里茶馆大棚坐下。

老乡喝水啊，还是吃饭？掌柜的问话。

老者回话：掌柜的来壶水喝。

他们拉下草帽，看皇协破兵在街上的行踪。

老少二人在外面喝水，轻装小伙进屋说话。

杜区长，二麻子这小子，头顶长疮脚底流脓坏透了。前天串老婆门子被人家男人拿三齿镢追的跳墙头。他疑心重，他知道抗日政府不会放过他，晚上住的地方不确定，有时住小围子里，（据点围墙里边又套小围子儿）有时住老家，还住相好的那儿，也住过亲戚家。

县委指示一定要把他除掉！你们想法儿摸清他明晚住到哪儿，其他的事不用管。

好吧，杜区长。

你带我去看看小围子儿，看他相好的家。

太阳点地，送来情报：二麻子骑车子出贾庄据点朝他老家去了，估计会住他自家或桑寡妇家，桑寡妇跟他家一个胡同。

夜里杜区长带两名队员到二麻子家，摸到他的住房，炕上被子抻成睡觉状，炕下两只鞋，挑开被窝里边还是被子，空的。这狡猾的家伙装样子没在家住！

遂摸到桑寡妇家，队员堵住前后窗，杜区长轻轻敲门。

咋又回来了？桑寡妇边问边开门。一惊，不是二麻子。她"啊"的一声。以为二麻子来睡回笼觉。愣在那儿。

二麻子在哪儿？！说实话！

他夜里来过，走了。

去哪儿了？

他说回家。

你说的是实话？

他就说的这。

狡诈的家伙家里设假象，啥意思，他会住哪儿？莫非回了据点？时间不容耽误，已是下半夜了。

杜区长急中生智摸回二麻子母亲住房窗前。

他母亲睡得，呼噜正酣，"当当当"敲了三下窗棂，惊慌状压低声音用劲喊：四大娘！四大娘！快醒醒！

啊，啥事儿？

1943年的母亲

八路军来抓您儿哩,他住在谁家?赶快去送个信儿。

他娘慌忙告诉:住在后边磨屋里。

杜区长三人立马翻墙进院,踹开磨屋,从草铺里拽出二麻子,提到村外壕里。

狗汉奸叫你死个明白!你给临清鬼子司令部送情报,八路军24团正月十五晚上在腰窝镇演节目搞军民联欢庆祝柳林大捷,看花灯、踩高跷、跑旱船、演渔家乐。说肯定住腰窝镇。一捂一个准!是不?

二麻子吓得浑身哆嗦扑腾跪下,求情:杜区长,我改了,饶了我这一回吧。我有老娘没法,鬼子得不到情报吓唬我娘。

抗日政府警告多次屡教不改,杜区长宣布:我代表抗日政府就地正法……

麻班长

那年月种地靠天。天要不想要这方人，就旱起来。春节过了人们就开始盼雨水。老憨跟他媳妇天不明在被窝里就分析研究到雨水下不下雨的问题。

老憨不憨，人缘颇好。

娶的媳妇，别说百里挑一啦，十个庄八个庄的没有。据点里鬼子汉奸整天想着。人怕出名猪怕胖。老憨家长得好，识字班儿的大姑娘小媳妇都让她比了下去。老憨可作难了，下地干活不敢叫她去，脸上抹灰也白抹，出门快锁门。

睡觉通腿儿不光沂蒙山区兴，鲁西北也那样睡。小两口在被窝里讨论归讨论。老憨说我觉得身子泛黏，她媳妇说，闻着被窝里味不正确。老憨正想瞪眼，她家里的小白脚丫儿一个电话把老憨调到她这头来了……最后老憨拍板儿：下了雨就犁地，不下就砂锅熬饭靠啦。

他们这里话音刚落，就听着"嘎勾""嘎勾"的枪声

1943年的母亲

从据点方向传来,老憨家吓得拽被窝蒙头。老憨披上袄开开门站天院里朝南看。只听得杀声震天,八路军战士"缴枪不杀——""抗日政府优待俘虏——"的喊声接连不断。战斗只进行了一袋烟的工夫。老憨进屋掀开被窝叫老婆子快起:"镇上解放了,快点欢迎八路军!"

冀南七分区24团开过来了,一路上拔钉子,克据点。今黎明按分区首长的旨示,我军里应外合,一举歼灭了盘踞在据点日伪军,黄团长被我战士击毙。

乡亲们欢迎子弟兵。"看八路军战士多带劲啊!"老憨家心里话,排头是四个战士扛一挺重机枪。后边十多个战士一人扛一挺轻机枪,四路纵队战士,扛长枪、背背包、挎手榴弹。队伍外边走的是挎盒子炮的连长……个个都小老虎似的,多精神啊!

24团奉命在镇上休整。正是雨水时节。

老憨家住了连部和一班战士。他两口子慌着腾房子。大北屋让连部住,西大间住战士,他俩挪到东屋里,张连长和指导员从团部开会回来一看,对老憨说:"老哥,这才不对哩,俺住东屋就中。"老憨也不离把,说:"张连长,您拼命流血,为俺庄稼人过安生日子,住俺的新北屋还不应该啊!""哈哈……老哥的精神不低……"老憨家见有挂花儿的战士,跟老憨商量:"匀床被子给伤号盖。"老憨大腿一拍:"这还用问吗!快抱去。跟我当家样的。"

张连长捞扫帚。指导员去挑水。老憨家烧水让战士们洗脚。战士们拽起她:"嫂子,您歇歇俺来烧。"

59

喜得他俩看看这个，瞧瞧那个，都虎势势的满精神。

当街有几个战士，围着几棵树审量。一会儿，往榆树上系麻袋，系上再用绳子扎结实。老憨边看边寻思战士们练气功呢？他这里还没研究出来，那边牵马来了，噢，怕啃俺的树皮……

老天爷应时儿，这一夜就渐渐沥沥的下开了雨儿。屋外边小雨儿下着，屋里边小两口儿睡着，小被窝暖着，小呼噜儿打着……小梦儿做着。怕啃树皮？鬼子皇协可不怕啃，烧房子砍树是家常便饭……他一激灵爬起来，拍醒她家里。

"干啥？叫站岗的小八路听见！？"她睡眼惺忪的。

"我是说你得积极起来抓紧做军鞋。"

"你别假积极啦。俺其实没睡着，想了一夜啦，用什么鞋面布，打几案板硌粘才够一人一双。才想睡着你又来了。"

就这老憨家连续熬了十几夜，赶做军鞋，拽绳子拽的，攥针攥的，手磨破了，包上再做，受到妇救会的表扬。

小春雨儿坚持了一天一夜，把地下透了，24团给老百姓带福来了。"不光除了害，还给俺求来雨水。"老憨说。张连长哈哈地笑了。

该咱24团受累。下透了雨就要犁地，好耩庄稼啊。那会儿牲口少，战士们帮老乡拉犁、拉耙、膀子肿了，也不叫苦。麻班长为了调节气氛，拉到地头站站。就说那天我第一个冲进黄大头里间屋，掀开他的被子。小战士们都瞪圆了眼认真地听。

"真没劲，光黄大头自己，也没个小老婆什么的！"

1943年的母亲

战士们都哈哈地笑起来……

夏司令从别的地块转过来,拽下毛巾擦把汗。大声地问:"同志们!累不累?!"战士们见分区首长也拉犁,看首长膀子上还带着绳勒的印呢!个个旺得小老虎样嗷嗷叫:"不累——"

"好,不累再拉!"夏司令拍着麻班长的肩:"老刘。哟,穿上新鞋啦?"

老刘脸上的麻子们也泛了红。他说:"司令员,这是房东,房东小嫂子给咱做的。"

"噢——做得不错啊"。夏司令说。

麻班长说:"那是噢。司令员您知道俺房东小嫂子多利索不?我这些年还没碰上过哩。人家工作可积极啦。"

"勇士嘛,应该遇上革命的房东。拔据点立了头功。你们李团长给你请功哩。"

夏司令表扬麻班长。"麻班长,你得请客!"战士们起哄。

一天,张连长率麻班长一班战士给房东老憨拉犁。十几个战士加上老憨两口儿拉个犁儿还行。麻班长挨着老憨家拉得别提多挂劲啦,一趟趟的,整上午也不想休息。中午老憨家做饭去,麻班长说:"嫂子,您别做饭了,跟俺们一块吃吧。"老憨家笑了,看了一眼老憨,说:"那可不中班长,您给俺干活,理应俺来管饭,俺怎能再吃您的饭啊?""这么实在的嫂子,怎么今儿不实在啦?"麻班长表现得倒挺实在。

撤了一个人，显然要费劲了。张连长那人更是实在人。栽下膀子使老大劲拉，不惜力气。那麻绳都紧得绷绷的。汗水把绳沤湿了，这一遭也快到头了，只听"嘣"的一声，绳断了。张连长一头栽地上了。老憨跟战士们赶紧拉起连长。"您使那么大劲干啥？！"乱埋怨他。地很暄，连长没摔坏。他倒后悔得不得了，一根绳拉断了，老憨说："张连长，绳断了怕啥的，接上照样使，您可别使大劲了，累坏了"。张连长接上绳还是干……

在24团的支援下，户户都犁、耙、耢得差不多啦。就光等以后播种啦。这里刚帮乡亲们忙完，军区首长的调令就到了。说是往邯郸打鬼子。老乡们都怪疼得慌的。

24团要走啦。乡亲们欢送，跟电影上描写的那样。有什么好吃的全拿出来了。老憨家给战士们、麻班长背包里装枣，塞鸡蛋，塞烙的葱花饼……

指导员握着老憨的手，说："老哥，这些天给您添麻烦了。"

老憨晃着指导员的手："指导员唉，可别说这个。俺做得到不到多担待哩。"

"您跟嫂子可没说的。"

"叫您受累了指导员。等打回来，路过家来。"

"好，一定来看您和嫂子。"

指导员松开老憨的手，又喊老憨家："嫂子，您看看屋里少什么不？"

指导员一说这不打紧，老憨急啦，他一拧身子，说：

1943年的母亲

"还有那种事啊？？您用着了只管拿去使……"

临走院子干干净净的水缸又浮了沿。

在门楼口，集合队伍的张连长抓住了老憨的手，紧紧地攥着。老憨家站在旁边。

张连长说："啥也别说了，大哥。咱准会胜的，日本鬼子快完蛋啦。好，后会有期……"他跟老憨和老憨家仨人眼里都汪着泪。庄稼人不会说个话，这会儿光落了难过。忽然，麻班长从背包里抽出根新麻绳来："大哥，这绳是刚买的，给您留下……"

老憨跟老憨家的泪"刷"地一下子就淌下来了。"这才不行哩，班长。"他两口齐说声音颤栗地抖动。"大哥，您忘了，这是咱的纪律。"他猛一扭脸，跑步追队伍去了。

老憨、老憨家和乡亲们目送咱的队伍往西开拔，登上沙丘，望不见了……

你们都吃窝窝吗

马颊河支队前身，二区李善亭区长那支队伍有七八十人枪。

李区长为抗日，献出家产买枪，动员青年参加抗日队伍，发动有枪户枪献给区队，甚至打借条借到区队。到区队壮大了，枪多了再归还。

李善亭兼队长，他足智多谋，胆大心细，遇事不慌。与日伪周旋，多次胜仗。他量力而行，打得赢就打，打不赢就走。毛主席的游击战术，运用自如。敌进我退、敌退我追、敌疲我打、敌驻我扰。

敌人对李善亭在鲁西一带威名知之不少，他率区队昼伏夜出，偷袭、伏击、锄奸、端炮楼，鬼子汉奸听说李善亭大都害怕。

那年聊堂地区生活困难到了极点。日伪残酷地扫荡，各路杂牌破兵搜刮百姓，到处抢粮。大旱，赤地千里，颗粒无

1943年的母亲

收,天灾人祸,马颊河一带成了"无人区"。

青壮年有的参加抗日队伍,有的被抓丁,有的当了杂牌伪军,还有的逃荒要饭远走他乡,剩下老弱病残也就等着饿死了。

一村一村的没个人,有人的村也就剩下一两户,人死了开始拉出去草草埋了,后来就没人埋了。没埋的死人是随便倒在路旁。

房倒屋塌,卖门窗,甚至卖儿女,蒿草满院,成群野兔狐狸出没。

皇协下乡抢粮变成抢饭,看见一户烟囱冒烟,就跑去抢饭。结果他们掀开锅一看,锅里煮着一根死人大腿。吓得"嗷"的家伙跑了。

区里接县委指示,开展生产自救,带种子去帮助老乡种庄稼,四乡贴告示,请老乡回家重建家园。区里贷农具、贷耕牛、贷种子,战士跟老乡一起干活。

通过一年多努力,老乡大都回来了,种了庄稼,修了房屋,休养生息,渐渐有了生机。

第二年李善亭带队伍来到一个大村。

他穿着补丁衣裤,身先士卒,干到头里吃到后边,打仗冲锋在前,和战士同吃同住同甘苦。有时吃饭战士吃完了他才吃。

这天后巫村的巫保长来送饭,他想,送孬的给八路吃,会挨二脸,哪路神仙也不能得罪。见一穿补丁褂子的战士正拾桌子上的干粮渣填到嘴里,又用手指刮饭罐子里的饭粒吃。

巫保长见状，以为当兵的犯了纪律受处分，没吃上饭。他觉得年轻人怪可怜，就说：兄弟，我给你们送饭来了，你先吃个窝窝吧。

李善亭看一眼保长，笑笑说：你还没交接我不敢吃。遂掀开草鼓鼓（麦草拧成绳，编成的鼓状容器，保温性能好）一看，热气腾腾的棒子窝窝，香味扑面而来。说：您等会儿，我去报告。

他蹬蹬蹬朝胡同里跑去……一会儿回来了。李善亭对巫保长说：俺李队长问这些棒子窝窝是你自己送的，还是征集的全村粮食？

保长对李善亭说：当然是全村的了。

李善亭又说：保长，俺李队长叫问问，你们村都能吃上棒子窝窝吗？

保长身子一拧，转了一圈，说：没门儿啊！吃不起棒子窝窝。过年过节能吃顿就不错了。

李善亭说：那就麻烦你把棒子窝窝推回去，分给村人吃。这样吧，您村上多数人家吃啥，你就送啥来。

巫保长说：大都吃掺菜的黑干粮，吃净米净面的几乎没有。

你们吃啥就给队伍送啥。

巫保长没法，只得把草鼓鼓窝窝推回去，分给村人吃。然后给区队送来高粱面、地瓜面掺菜蒸的窝窝团子。巫保长想，这样的队伍好啊，跟老缺杂牌鬼子一个天上一个地下，那些孬种给要好吃的，不给就玩硬的还打人。八路军队伍不胜利才怪哩。

1943年的母亲

巫保长知道了,那位退回棒子窝窝的就是李善亭区长,这件事让他很受感动。老八路就是好,跟老百姓没二心。

巫保长又专门来看李区长慰问区队。他立场彻底转到抗日这边来。面上给敌人办事,心里支持八路军,为我军筹粮筹款,支援前线。

鬼子投降,巫保长经李区长介绍到我区政府任助理工作。

1949年组织南下工作干部团,巫助理报名南下。途中吃饭时遭遇敌人袭击,带同志们突围时,不幸中弹光荣牺牲。

巧了,巫助理那次吃的棒子窝窝。

社会万花筒之中国微小说系列丛书

房　东

　　宋司令员乔装来朝北县杨庄调研，住在夏晓银家，考察当地风土人情，地理环境和抗战形势。鬼子在冀中开始了残酷的大扫荡，需要转移。

　　司令员与夏家同吃一锅饭，同住老土屋。他们不把司令员当大官，司令员跟夏家不分你我。宋司令员回冀南后，综合分析，决定率冀南区委、行署、冀南军区司令部及后方机关，从河北陆续转移到杨庄村。

　　马车拉着司令员来到杨庄，县、乡、村干部接到村外。

　　司令员跟大家一一握手，对村干说：其实杨庄群众都是我老宋的房东。我还是住原先房东家。

　　夏晓银被司令员拉着手，高兴地问长问短。房东帮战士搬运东西，司令员实在是没什么东西，除了个盛衣服的柳条箱，铺盖卷，脸盆和饭碗再就没啥了。

　　共产党八路军的大官真配当穷人的官，自己也穷的大

1943年的母亲

官，穷司令。

老夏把北屋腾出来，打扫得干干净净，桌子、板凳、杌子擦得一尘不染，里间的大土炕铺上了新秆草（谷子的秸秆）新苇席，叫司令员办公室兼宿舍。

司令员说：老夏，夏哥，您这样就不对了，我住偏房西屋就行啊！

老夏说：司令员你得住北屋。您饥一顿饱一顿、没黑没白、出生入死跟鬼子干，为啥？还不是像区长、县长说的，为俺老百姓啊？！为穷人打天下呀。叫您住偏房，我心里下不去。

司令员说：谢谢了老哥。

夏晓银问：宋司令，您家里有房子有地吗？

司令员脸色不好看了，说：夏哥啊，国在危难中，我家早没有了，房子让鬼子和白狗子烧了。哪还有地？等打跑日本鬼子，全国解放了，全中国都是咱的！老百姓都过好日子，吃得饱、穿得暖、住得宽、腰有钱。

老夏说：就盼着这一天啊。司令员，您还不比国民党部队的连长富。国军的连长吃的穿的戴的，"哗哗"的银元在老家买宅子置地盖房子。司令员，难怪您的名字叫"任穷"。

司令员"哈哈哈"笑起来：老夏哥，咱们也想过好日子呀，可是鬼子汉奸烧杀抢掠在咱地盘上无恶不作。司令员，那咱就杀他个驴日的！好！夏哥，有咱老乡们基本群众的支持，八路军打鬼子，收复失地，冀南鲁西两解放区连成片了。司令员，咱抗日小学里，学生老师整天唱"解放区的天是晴朗的天"。

司令员安顿下住处，召开了司令部、党政群机关会，眼下当务之急是，开展大生产运动，组织部队生产自救，开荒种地，减轻群众负担。一定要和冀南群众渡过这抗战最艰难困苦的时期。1943年，先是旱灾，从春到秋8个月久旱无雨，地里几乎颗粒无收，人们背乡离井逃荒要饭。干旱未缓，蝗灾飞来，铺天盖地，遮天蔽日，过去就一片光杆。虫灾没完，瘟疫传染病又袭来。

在宋司令的带领下，部队从司令员、政委，地方不论行署主任、县长都以身作则，身先士卒，和群众一起同呼吸共命运，百折不挠共渡难关。

日伪来了就打仗，没仗打就同老百姓一起生产劳动。

司令员和机关干部警卫员同拉一张犁，司令员边拉边喊号子，大家走得齐，用力均匀，犁的地平且快。一天犁、耙、种三亩地。

房东老夏夸：司令员您会干庄稼活，是庄稼把式。

司令员笑了，喊：同志们，累不累啊？休息会儿吧。

战士们喊：不累！拉着耙又跑起来。

小学的孩子们唱自编的歌谣："宋任穷的兵不好当，破袜子旧鞋破军装。黑窝窝头小米汤，萝卜咸菜辣椒酱。战士们吃得甜又香，打靶刺杀都不错。土枪土炮上战场，打得鬼子哭爹又喊娘！"鼓舞战士的劳动干劲。

村上安排，司令员轮流到村干部、民兵、党员家吃派饭。

1943年的母亲

　　这次到房东老王家吃饭。老王家实在困难，蒸的净米净面的窝窝头，可是没有好菜叫司令员吃。

　　司令员拉了一晌犁，出的汗把褂子都湿透了，肯定饿了。

　　老王叫女人把自家舍不得吃的几个鸡蛋炒了，给宋司令吃。

　　宋司令一看金灿灿的炒鸡蛋，说：咱吃这么好的菜？宋司令大口地吃棒子窝窝，筷子把鸡蛋夹住了，还没送到嘴里。看到老王一家老小没有什么咸菜吃，大人孩子蘸盐水，孩子瞪着眼看炒鸡蛋，咽吐沫。他没舍得吃，就把这碗炒鸡蛋送了过去。

　　老王又给司令员端过来。

　　司令员又送了回去。

　　这样送来送去反复了几次，司令员说：王哥，这样吧，咱们一家一半吧。

　　最后司令员从碗里拨出去一多半给老王一家。

　　宋司令说：我自己夹鸡蛋往嘴里送，叫你们看着，咽不下去！

憨玩意抓紧

媳妇听说簸萁柳区这次要四十个青壮年，补充到冀南七分区24团。

征兵动员会县里开了区里开，区里开了村上开，层层发动。男人当民兵副队长，工作那么积极，平常是说别人的主，他能落后啊，一准报了名，别看他不吭不哈，该吃的吃该喝的喝，俺也装没事人，没戳透这事。这回当兵跑不了了，准有他。

打鬼子，枪对枪、刀对刀、你打我、我打你、你攮我、我砍你，死人还不跟喝凉水的样？枪子儿不长眼，说打死谁，老天爷一句话的事儿，小鬼儿生死簿上一勾你就那边去了。

她想到这心就打颤，不寒而栗。家里老的老，小的小，儿子才十三，十五亩地，俺要伺弄。

他喘着粗气，媳妇扭过去身子，背靠背，嘴噘得老高能

1943年的母亲

拴个驴。

"你别生气,不能听他们瞎说,我不去,没报名。"她一听这话,扭过来,说:"真的?俺不信。你当民兵队长,能没你?"

"看看,我能骗你吗,我啥时候骗你啦。在村上工作也是抗日,我组织担架队跟24团打'老吴'(顽匪、汉奸),战士及时抬下来救治,减少多少伤亡?!李团长夸咱村担架队:敢上前线,敢听炮响,敢抬血人,敢在死人堆里走。"

她眼里含着泪儿,抚摸着他温暖宽厚的胸膛,说:"俺知道你带领担架队上,跟打仗差不多。但,俺心里还踏实点,就怕你走,整天提溜着心。哪天俺娘们儿俩摸不着你了,不敢想日子怎么过。"

他不敢再表白什么了。他说的那些跟媳妇的话比起来太苍白了。

这几天他仍然为参军的事在村里忙活。他儿子听小伙伴儿们说:你爹要参军走了,你知道吗?他儿子听说了,立马跑到村部找他爹,问:"爹,听说你要参军走?"他对儿子说:"别听他们乱说,没影儿的事,这回没我,住几天我去县里受训。"

一直坚持到临走前一天,才跟爹娘揭锅。娘掉泪,爹叹气。他说:爹、娘,咱是老解放区,觉悟不能比人家低。参军打鬼子又不是光叫我自己去,别的人家当儿的能去,我不能去啊?再说我走了,种地的事,村上组织帮工队,落不后边,家里还有她哩。老人这关过去了。

媳妇见他回家拿东西，换洗的衣服，烟叶啥的，知道他要走，就想法儿拦他，就说："李臣孝你个没良心的，撇下俺娘俩儿不要了，你要走，我就跳坑死了！"

他一听媳妇说这，想，关键时刻压不住，就走不成了。李臣孝嗓门提高八度，喊："你要不叫我去打鬼子，我就跳井死了！"

妇道人家的拿手戏是，大哭。媳妇"哇哇"地呼天抢地地哭起来。随哭随唱歌般的念叨："俺没法过了，我的那孬命唉——"

他说："你愿意叫我站狗熊台啊？我告诉你，你别哭，我一两年就回来。你要再哭，我一辈子也不回来了！"媳妇一看这，就不敢哭了。

"我再告诉你，我要待了狗熊台，咱全家，咱爹娘、你、小小都别想在村上抬起头来。"

下午她怂恿儿子又去拉后腿，说："爹，你去参军怪好的，吃白馍馍，我也去。""好！好哇！你来得正巧，正缺个通信员哩，去吧。"他儿子一听傻了眼，这招儿也不行，就回了家。

晚上，统一叫他们入伍的回家道个别。规定凌晨，鸡叫三遍准时集合，去区里报到。

李臣孝在北屋跟爹娘说话，娘坐炕上看着熟睡的小小，上面椅上老爹，他爷俩一袋袋抽了半夜烟。爹说："我没啥说的啦，别挂家，他娘俩儿有我和你娘哩，管好自己，打仗多加小心。"

1943年的母亲

他说:"爹、娘,您保重。打跑鬼子,儿回来再孝顺您!"

娘撵他:"回屋去吧。跟人家说说话。"

他回到屋里,媳妇已睡下。其实她心潮澎湃地睁眼听气儿哩。

他进屋坐到杌子上继续抽烟。看她一眼,说:"还生我气呀?"

她猛一扭脸,对墙去了。

"男人这辈子还不是就吃'三碗面'吗?人之间要有情面,给男人留个脸面,在外边有点场面。"他说给她听。

"明天区里欢送我们,戴大红花,有的骑马,有的坐轿,有的坐车,路两旁村民列队,队伍后鼓乐、秧歌欢送。区里搭彩台,唱戏、扭秧歌举行隆重的欢送仪式。区长讲话发表祝词,鼓励新战士英勇杀敌立功,荣耀乡里!"他自顾自地说着说着,鸡叫头遍了。

她突然抬起头,泪水浙浙地说:"俺想通了还不行啊!"

他着实出乎意料,媳妇说出这话。他说:"俺对不起你,上有老下有小的。等我回来再、再、再疼你!"

"别瞎叨叨啦!"她从炕头桌摸了颗枣,朝他砸去。

"憨玩意儿,还不抓紧哩……"

75

党　费

在抗战艰苦的岁月，奶奶为缴党费犯愁。

缴啥啊？别说钱，连一点值钱的东西也找不到了。虽然半年党费仅六分钱！

区委同志讲，缴党费没钱实物也行，有的东西可直接上缴区里。

奶奶入党是拼出来的。爷爷的抗日武装被围，抓走爷爷被鬼子杀害。奶奶擦干眼泪，忘我地工作来排遣痛苦。她救治过多名伤员。特别是救活了重伤员桑排长。

奶奶把情报藏到缵里。背着草篮子，佯装割草。顺马颊河大堤树丛走，累得浑身大汗，把褂子都溻透了，及时把情报送到县大队。天黑前她还要背着一篮子草进家。奶奶小脚疼得进家就累瘫了。

她积极组织妇救会会员做军鞋，她勒紧腰带带头交军粮，为前线磨面碾米……区委批准奶奶为党员。

1943年的母亲

晚上奶奶去村支书家开会。

晚饭奶奶吃得潦草,刷完锅,洗脸梳头。镜子里的奶奶是漂亮人儿。奶奶身材适中,秀发高耸,大香蕉缵梳在脑后。中式裤子,大襟褂子,可身,奶奶眼不大,可亮,眼珠黢黑,放光。她的妯娌、姐妹们夸奶奶好看,好看到眼上了!

奶奶走黑影拐两胡同,到支书家。

一进屋奶奶感觉今晚开会不同往常,气氛严肃。且有区委的同志在场,跟奶奶握手。

一贯好抽烟的支书,这次没叼烟袋。

村支书对奶奶说:"你的入党申请,批准了。"

奶奶心里一阵激动,脸立马红了,说:"我合格吗?"

合格。但是,还要严格要求自己,工作继续努力,起先锋模范作用。奶奶点头,记到心里。

区组委说:"欢迎你,李淑君同志。"

支书把党旗挂墙上,奶奶看着鲜红的党旗,举起右手宣誓。奶奶站在组委一侧,面对党旗,重复的句句誓词铿锵有力:"我志愿加入中国共产党,遵守党的纪律,严守党的秘密,按时缴纳党费,积极为党工作,为共产主义奋斗终生,随时准备为党献出一切,永不叛党!"

奶奶说:"小小棉油灯,如豆的灯头,昏昏黄黄,照得几人影影绰绰。但鲜艳的党旗映红了脸,照亮了心。会场虽小,意义重大。党给了我第二次生命的起点就在那间小屋。"

奶奶说给我们听，解放后参加那么多次市的、县的党代会、妇代会、积代会，都没我入党的会刻骨铭心。

"我是党的人！俺听党的话！不折不扣按党说的做！绝不讨价还价。"

每月一分钱党费，一年一毛二。若放到今天一毛二还叫钱吗？地上丢一毛钱甚至一元钱年轻人懒得弯腰去捡。可当年一分钱难倒英雄汉！

一年未雨，旱得冒烟，赤地千里。人们成群结队的逃荒要饭。拆房卖屋，甚至卖儿卖女。村庄荒芜，兔狐出没，饿殍遍野，荒凉凄惨。兵荒马乱，日伪顽杂抢粮，已没可抢之粮。看见烟囱冒烟，闯进院去进屋就掀锅，菜窝窝抓起来就吃。

县委指示，精兵简政、开展大生产运动，共渡灾荒。

奶奶思忖，区队战士吃饭也成难题，吃了上顿愁下顿，甚至饿着肚子打鬼子。那怎么行啊？

奶奶抬头看院里大榆树。春天吃了它一串串榆钱儿，分期分批的撸榆钱儿，吃了将近月余。

现在大榆树蓬蓬勃勃，叶子碧绿，奶奶还没舍得吃它。当时就想着榆叶派大用场。

奶奶叫父亲爬树，勒榆树叶。父亲撸一篮子榆叶，放下来。叔叔抓榆叶就往嘴里塞，奶奶吵他：别吃。叔叔"哇"地哭起来。我饿。我饿。

奶奶眼含泪，说："小儿不哭，我蒸菜给你吃。"

父亲多想吃把鲜嫩的榆叶啊，榆叶在他手里过了一遍，

1943年的母亲

也没敢尝尝,怕奶奶吵。

奶奶蒸了一锅榆叶窝窝。她把缸底儿那点儿可怜的高粱面全用上了,仍太少,几乎蒸不成个。给父亲叔叔蒸了几个野菜、杏叶团子。奶奶实在蒸不成窝窝了,就团揉团揉放到锅里。

榆叶窝窝熟了,锅上冒出香甜的热气。叔叔瞪着大眼看锅,他们瘦得皮包骨头,三根筋挑着头。

出锅了,绿绿的榆叶窝窝,香啊,热气扑脸。

村支书批准奶奶把一锅榆叶窝窝作为党费上缴。

奶奶提起榆叶窝窝走时,叔叔又哭了。奶奶想放下一个给父亲和叔叔吃,可是战士也在饿肚子,吃一个也凑不够整数了!她心一横,含泪,坚决地走出家门。

一直到新中国成立奶奶还保存着当年李区长写的收条。

在全市"纪念建党90周年图片巡回展","难忘的岁月"展室,我看到了皱巴巴烂乎乎的(放大若干倍)奶奶的党费《收条》:

收条:

今收到豆腐梁村李淑君今年全年党费,一锅高粱榆叶窝窝。

区长:李善亭(区委副书记、区队长)
1943年农历5月17日

善 念

在艰苦的抗战岁月里，一天，李团长去冀南七分区的临清城南景福庄参加"解放平城祝捷大会"筹备会。参谋通知时说好了会后聚餐，大家有啥好的带上。

下午天气骤变，突然大雪纷飞，北风怒号，寒气刺骨，气温骤降，滴水成冰。

雪纷纷扬扬，下一拃厚了，辕里枣红马累得鼻子喷粗气，车夫挥舞着鞭子，吆喝。

李团长不时掀开车蓬门帘外看。

警卫员说：团长，大雪天敌人会享福呢。这会儿准守着火炉喝小酒儿哩。

李团长放下帘子，看一眼警卫员和参谋，说：警惕，什么时候都不能放松警惕。啥事都可能发生。

车夫下去跟车小跑儿，他说跑跑暖和。李团长朝外看的当儿，发现一对老夫妇和一个小孩，靠着树瑟瑟发抖，几乎

1943年的母亲

被雪埋起来了。这儿前不着村后不着店。

李团长说：停车！

车夫：吁——勒住马缰绳，停下来。

警卫员跳下车，喊：老大爷老大娘，你们这是咋回事？

参谋提醒说：团长，咱必须按时赶到开会。这样吧，路过前边村庄，安排村干来处理吧？

其实连参谋也知道，他的话，不过是托词。

李团长坚持下车去问个究竟：小柳，咱走到村上，冰天雪地的，村上家家关门闭户，等找着村干，他们再磨蹭地来到这荒郊野外，恐怕老夫妇也冻死了。

原来他们是临清孔集讨饭的，转了一天没要到吃的，下午偏又下雪，老汉肚里没饭，连冻加饿晕过去了。

李团长他们连抱加拽，把老夫妇扶上车。稍稍安稳片刻，李团长说：把那瓶酒打开，叫他们喝口暖暖身子。把喂马的那点儿豆子给他们。

柳参谋还迟疑：团长，那咱就得空手见司令员了。

空手就空手，当下救人要紧。

他们绕道小薛楼儿村，把老夫妇俩送到家，那点马料给他们留下，然后顶风冒雪快马加鞭去开会。

当时李团长没想别的，只是他革命战士善良的本能，作为共产党的队伍，和老百姓鱼水深情，见死要救。

然而，事后24团得到的情报让所有此次随行人员大为震惊。尤其是那位阻止团长救人的参谋，吓得他直拍头，哎呀、哎呀地说：团长命大、团长命大。

那天日伪的枪手冒雪埋伏在李团长的必经之路,在两破窑里准备了交叉火力。敌人料定大雪中的李团长必死无疑。

过后敌人争吵:情报不准,白白雪中挨饿受冻,八路根本没从这儿过。

日伪哪里知道,李团长为救老百姓而改变了路线。

李团长,一个善念免去一劫。

不然后来"南阳军分区"政治委员的名字就改写了。

善良是生命中用之不竭的金子,待人好,是待自己好。

免　试

戈黎明上午在出租屋睡觉，忽然手机响了。

一位口音温柔普通话极好的女士通知她：你好！你是戈黎明同志吧。

是。

我是大文化公司的。

噢，你好？

您好。是这样，我"大文化实业公司"总经理秘书职位你笔试通过了。通知你参加面试。时间：明天晚上9点，地点：卡尔丽迪亚大酒店808房间。由老板亲自出题面试。请做好面试准备。

挂了电话，戈黎明陷入沉思。

戈黎明研究生毕业，为找工作东奔西走，到处乱撞。

戈黎明身材高、明目皓齿、秀发高耸，皮肤白皙、眼睛美丽、衣服合体，浑身上下像在墨水里泡过，通体充盈着一种文化感。她的气质和风度在任何人眼里，已经不会与一个农村大学生发生联系。若按潜规则，戈黎明的精神防线稍微松一下，就有岗位。

笔试那天，公司老总巡场盯着她看了好长时间，想把她装到眼里。

说心里话，这个公司很合她意，和城市的文化人，那些衣履不沾纤尘的高层接触。

放下电话，她想几个关键词：面试、晚上、房间、老总。

去面试就意味着飞蛾扑火，自投罗网。但防线在自己身上，他老总能奈我何？假如不去面试，就是放弃这次可心的机会，再去游荡。她辗转反侧，夜不能寐。当决定单刀赴会以后，就睡着了。

当她走进808房间，老板色眯眯的眼睛，发射出绿色的光芒。

小戈啊，啥面试啊，今天晚上是真正的笔试。

老板您出题啊？戈黎明说。

老板说：慌什么！先慢慢地说会话。小戈，你长得太漂亮了，简直比电影明星还棒。

老板您可别那么说，俺一个农村孩子，没见过世面，还请您多多指教。

哪里哪里，互相帮助吧。

老板从沙发起来坐到戈黎明身边，伸手，准备探索其他地方时，戈黎明呼地一下子站起来：老板还面试吗！？

你叫试吗？

1943年的母亲

　　当老板动手想那样的瞬间,她吓得"嗷"的一声。出了一身冷汗,醒了。

　　晚上她精心化妆,描眉画眼涂口红。挑出最好的裙子穿上,戈黎明还转着身子看。一直到满意为止。

　　她出门,天公不作美,下起了雨。不能骑车了,拦了的士拉开车门。车上有人,戈黎明打了愣。

　　师傅说:你去哪儿?

　　卡尔丽迪亚。

　　好,上来。先送你。

　　那个男人目不转睛地看戈黎明,她浓妆艳抹,咋看咋觉得她是干那行的女人。说:小姐,咱商量个事好吗?你别去卡尔丽迪亚了。

　　戈黎明瞪他一眼,没理他。

　　咱说实在的,去哪不是挣钱啊?!

　　你瞎眼了,我不是做那的!

　　那家伙笑起来:别不好意思,我出高价怎么样?现在没人笑话那事。笑贫不笑娼嘛!

　　戈黎明喊:师傅下车。

　　师傅停下车,戈黎明拉车门,那家伙拦着她不叫开门。

　　戈黎明非要下,他俩拉扯起来,把戈黎明的裙子扯烂了,发型也乱了。

　　戈黎明硬冲下车来。外边雨下大了,戈黎明仰望苍天,泪水拌着雨水淌下来。一路淋得水沥沥的,妆花里胡哨。戈黎明浅一脚深一脚的狼狈不堪。回到出租屋倒头大哭……

第二天睡梦中,电话铃声叫醒了她。

她有气无力的:喂,哪里?

还是那位熟悉的女声:你好,我大文化公司的。你是戈黎明吧?

你好,是的。啥事?

小戈同志,我告诉你件喜事,你荣幸的被我大文化公司录取了!

戈黎明一惊,骗子,我没参加面试怎么录取我。

好啊。交多少钱?!

"咔",戈黎明挂了手机。

人想钱想疯了,太低级了,你不去打听,我没去面试,就通知录取了。真是可笑。

一会儿电话又打过来,说:小戈,是这样,昨天面试的事是我一手操办的。我是老板夫人,以后称我嫂子即可。原来几任女秘书都叫我辞退了。这次来面试的几个女孩是我通知的。凡是昨晚来面试的都被我打发回去了,唯独你没来面试。所以你被破格录取为老板秘书。你准备一下明天来公司上班。

1943年的母亲

赛　跑

兄弟二人克服困难，从南方买来个女人。给谁当媳妇？老父亲作难。

穷村几十个光棍儿，女孩子都嫁出去，决不寻当地青年。喊出来口号：宁叫外边搂折腰，不让本地招一招。

男青年一过二十五就基本宣判了。有姐妹的家庭，老的就张罗给儿子换亲。换亲，女孩子要做出牺牲，不管对方男青年是啥样子，也要过去当媳妇。用自己的女儿跟对方交换，给人家去做媳妇，对方的姑娘过来给儿子做媳妇。这是两换。还有三换。三换就不是对方的女孩过来，咱的女孩过去。而是三家推磨，转圈，这样就显得好看些。可是三换的困难大得多，风险也大，若有一家出问题，就牵扯三家的婚姻。因连锁反应换亲打官司闹离婚的多了。

弟兄俩，所以老父亲就只做买媳妇的文章。

无论哪个行当都有其形成的潜规则。买媳妇要由知根的从南方嫁来的女人，回娘家带个女人来。回娘家的女人要穿戴整齐，衣服不奇装异服但要上档次。到娘家，村上人一看在北方混得不错。然后女人再私下里做姑娘的工作，说好了再偷跑到北方来，嫁给大龄青年。

买的价钱，要依质论价。黄花姑娘、老姑娘、丑俊等价格是不一样的。老父亲找到南方回家的女人，麻烦人家给带个媳妇来，最好是大姑娘。

春节刚过，女人就给老父亲带来了女孩。自然钱不少花的。姑娘一进家门，看见两个小伙子，不知把她给谁当媳妇。老大、老二都相中姑娘了。姑娘虽然瘦弱，走路蛮劲抖抖的，眼里含着雾蒙蒙的水汽，但遮不住她的漂亮。姑娘里里外外的打理，做饭洗衣，老父亲看在眼里喜在心上。

准是个会过日子的好媳妇！可是把姑娘给谁，他作了难。老父亲的心思是，把女孩先给老大，完成一个再说。

父亲给老大商量，老大说，不愿意要媳妇是假的，我年龄大，人家姑娘小不合适。

父亲说，什么不合适都是男的大。

老二早相中女孩了。父亲以为老大是谦让一下，心里肯定想要媳妇。

他说，你弟兄俩赛跑，从咱家出发，围环村路跑一圈，谁先回到家，谁胜出。

老二豁出命地疯跑，村上的熟人给老二说话，老二也顾不上回话。老大就悠着劲跑，老二早早跑回家来。那媳妇当然就归老二了。择个吉日给老二两口圆了房。

1943年的母亲

老二得了媳妇觉得怪对不住哥哥,哥哥对家庭贡献大,自己上学,哥哥种地、打工挣钱供自己读书,书没读好,还花不少钱。他时时处处对哥好。媳妇洗父亲哥哥的衣服在先,老二理解哥哥是让着自己。凭哥哥的力气还跑不过自己吗?哥哥顾全大局,本家有个传宗接代的根就行。自己年龄大了,跟弟弟争媳妇,多没面子?

他家日子过得平安无事,老二两口子下死力气干活,要再攒钱给哥哥去南方买媳妇。好日子过了没两年,他们老父亲病了。

乡医院看不了。

县医院查了父亲肾病。

地区医院确诊父亲要换肾。

现在要做血液透析。家庭上空蒙上了阴云,空气凝固了般,一家人都没话了。

医院检查兄弟二人的肾跟父亲配型都合格。二人争着做手术给父亲换肾。

实在人老大对父亲和老二说,我摘个肾给爹吧,我身体好,体格壮。老二不如我,再说了咱还指望老二给咱生个根。

老二不同意哥哥给爹肾,说,凡事净哥哥吃亏吃苦,我心里下不去。两人争着给爹换肾。

父亲说,那这样吧,还是比赛跑,谁跑得快,谁就摘肾。

这次赛跑,尽管老二做了充分准备,穿上运动鞋,像开运动会那样,裤头背心,拼上老命跑,也没追上穿布鞋、长裤子、大褂子的哥哥。

摇　奖

已经对旅游购物很反感了。还不如报名时一次性给导游"小费"，省心、省时间。

岂不知导游也有苦衷。小杨讲：各位，下面咱去中国人德来珍珠博物馆参观。也号称"水晶宫"。水晶位佛教七宝之首，又名菩萨石，买水晶就是"请菩萨"，所以不需要"开光"，水晶具有记忆、储存功能，需要进行消磁……

这时一游客说：俺不去参观行吗？怪累。

小杨说：不行！必须去。我们团的人数，已经报给旅游局了，如果人数不够，门岗不让咱的车出门，罚滞留10分钟。小杨说：我不讲了，咱进去有负责讲解的。请大家配合。

进门发一张"人德来珍珠博物馆入场券"。编号"061"。小姐说，凭票购物享受优惠。

进屋洗脑开始。关于水晶消磁导游大概给大家讲了，

1943年的母亲

一，将水晶放在紫晶洞或聚宝盆中约5分钟，可达到净化、消磁、充电的效果。二，将水晶放在粗盐中埋藏10分钟，然后用清水洗净，干净布擦干即可。还说用雨淋、放水中、冰箱里、更滑稽的是叫水晶听音乐亦能达到消磁净化的功能。听得我们云里雾里不知其所以然。

小姐漂亮，口才也行，流利的普通话。虽天冷得很，她穿着短裙，腿像两根大白萝卜，挺抓人儿。她开开抽屉，拿出两只镯子，说：下面我教大家鉴别水晶镯子的真假。

她把镯子放在头顶小聚光灯下，镯子通体透明，煞是好看。

大家看见了吗？真水晶里边像云雾状、棉絮状。千万不能买里边有气泡的，是假的。

她又拿一段水晶石轻击两个镯子，两个镯子发出不同的声响。她说：声音清脆的真货，声音沉闷暗淡的假货。今天对山东的朋友优惠，本卡只限在人德来水晶宫使用，在厂家选购产品时请出示本卡，我们将保存所购产品的信息，以便售后服务。如果产品损坏，加原价30%加工费以坏换新。我们承诺，在同等的商品中我们的价格最低，同等价格我们的产品质量最好！

小姐见大家对镯子感情不深，没表现出热爱镯子。年轻人瞪着眼，聚光到白萝卜上。小伙子们根本没看她手里的镯子。

她把镯子锁起来，开另一个抽屉拿出两盒珍珠粉、珍珠霜。这东西女同志喜欢，演讲也抓人儿。

皮肤白的擦了更白，皮肤黑的擦三个月，经护理变白。有斑的擦几个月后，斑自消自灭。珍珠粉洗面奶，低泡沫型含去螨因子，修护皮肤，清洁毛孔。

漂亮的女士往前凑去。看她演讲。

眼霜，亲水性、易吸收，去眼袋、黑眼圈和皱纹。我手里拿的这盒，养颜王套装，祛斑、祛皱、保湿补水。好了，山东的朋友，今天来到我厂也是缘分，我们让利销售。这四盒原价138元，今天只收100元，另赠两只珍珠耳钉。珍珠霜白天擦增白，晚霜睡前擦祛斑。好！跟我到指定专柜购买。

我们一行50人来到小姐的柜前，家属买了四盒，她又多要了两颗耳钉，给一张机打小票儿。小姐告诉她，到前面摇奖，还有精彩的奖品等你拿。

家属高兴地去找摇奖地。我说：你不要高兴得太早了！

她白我一眼，说：闭上你的乌鸦嘴。败兴！

只见在柜台上一个五彩的，直径约一米的大转盘，中间一指针，一周是字母和阿拉伯数字，像算卦先生的签，你不知内容是啥。

前边已有获奖的幸运者，拿着兑奖的卡片去找兑奖处。家属说：看见了吗？人家幸运了。我觉得也是，不该说那话，事实证明不骗人。

家属把珍珠霜递我，她仔细看大转盘，伸手运气，想一举拿奖。

她用力伐了转盘，五彩转盘旋转起来，后边的摇奖人埋怨她用力过猛，一圈圈的转不停，耽误他们时间。

1943年的母亲

　　终于站住了,指针对着个"0",家属汗出来了,没奖了。零还有奖吗?家属沮丧的要离开状。这时形势出现了重大转机,小姐喊:大姨,恭喜您获奖了。

　　家属回过头来惊喜状,问:是吗?

　　小姐说:是的。

　　小姐递给她张兑奖卡。卡面是320元。

　　我也高兴地祝贺她获奖。世上竟有这么实在的老板?

　　我们来到兑奖处。奖品是一条银项链。家属伸手就拿。小姐挡住了,说:你要交138元的税费!家属还想看看项链,我拉她:快走吧……

面试扫地

樊秋明早早起床，梳洗打扮，穿职业女装，精神抖擞地去参加面试。

大学毕业，找工作努力了，至今没可心的单位。今天去的这家，还不错，但愿老天保佑。

小樊站在公交车上，开出三站，上来位抱孩子的妇女。妇女看一眼，便靠在柱子上。师傅及时按响了喇叭："当你身边有老弱病残孕的乘客，或抱小孩儿的乘客，请您主动让个座。谢谢合作！"喇叭播出后，车内没反应，又播了一次。还是没人让座。

柱子就在男士一侧，小樊忍不住了，穿戴这么整洁的大男人，就不让给抱孩子的？你让个座吧？！她冲男士喊一嗓子。这么不绅士。

男士可能太疲劳了，困了。听到喊声，猛睁开眼，看见车厢的乘客都在看他。他脸红了，说：不好意思，睡着了。

1943年的母亲

他站起来,让给抱孩子的女人。女人客气地说:谢谢!男士答:不谢!他看了眼女孩儿,漂亮啊。难怪她敢喊我让座,有优越感。

他冲小樊点点头,算作会意。不大会儿,文化宫下车。樊秋明也在这站下,随他走下来。

小樊找小摊,吃早餐。男士夹着包朝东走了。

樊秋明为自己车上不冷静后悔了,人人都不容易,他困了,没听到车喇叭的"谢谢合作"。假如再坐车遇上他,给人家道个歉。

真是俩山不碰头,俩人碰头!

面试的考官,中间那位就是他。多半个钟头前在车上闹得不太愉快,似乎让他出了丑。

那一瞬间,小樊认出了他,神情顿时紧张起来,头"嗡"的一下子大了!热血冲到脸上,恐怕连脖子都红了。冤家路窄,这四个字,是为我造的词吗?她从来没经过这种事,想不到,落到他的网儿里。这次肯定没戏。是跟他说话,还是公事公办,装不认识?她没有处理这种突发事件的经验。

当樊秋明一进考场,偌大的考场5位考官,看一个考生。干练稳重的她,一时气场弱了下去。他一眼就认出樊秋明来,公交车上的漂亮女孩。真是无巧不成书。

小樊落座后,自报家门,家住哪里姓甚名谁。学何专业、有何特长、工作经历,等等。她口清齿白,沉着冷静,面对考官不慌不忙。

他说，樊秋明同志，请你把考场打扫一遍，然后拖拖地，如果合格，你就被录用了。

他断定这位漂亮女孩儿是不会屈尊的。甚至她可能会认为，我是报公交车上的仇。没想到，她犹豫了仅1.5秒，竟同意了。

她拿着笤帚从后往前扫，是学生时期值日生的扫法。当扫到一半时，她直起腰来，面带微笑冲各位考官，说，各位领导，请回避一下。

考官们离开。她扫完，又去涮拖把。拖得一丝不苟，正着翻着大拉大拽，认认真真。

忽然主考官觉得自己过分了。他叫办公室送来她的档案。学校、班主任的操行评语，三好学生，学雷锋志愿队员，考试成绩等，从各方面来看，女孩是不错的，于是和几位考官商议后，立马宣布：樊秋明同学你被录取了。

樊秋明没表现出特别高兴的样子。她向考官们道了声：谢谢！谢谢！然后，话锋一转，对主考官说：我扫地、拖地前后共用了30分钟，社会主义的分配原则，按劳取酬，应付我劳务费9元。然后我来公司上班。

主考官没想到女孩的要求，问她：你是我的员工了，打扫卫生还要工钱？

老板，我打扫卫生时是考生，还不是你的员工，所以你应付劳务费。

他不情愿地掏出十元钱给女孩，女孩拿出一元找给他。主考官说：不要了。

1943年的母亲

她说：该要多少是多少。她把一元钱放到桌子上。

她又一次表现得出乎他意料之外。樊秋明走到公司院子里，见了打扫卫生的老女人，把那十元钱给了扫院子的老人。说：大姨，我替你打扫了考场，挣了十块钱给您吧。

樊秋明上班以来工作出色，月月满勤。服从领导、团结同志、勤勤恳恳，表现得出类拔萃，很得领导赏识。

一次他遇上樊秋明，就问，秋明，我问你个事。

老板请讲。

面试那次，我欠考虑，不该难为你，你心里没有怨意？

樊秋明答非所问：一时的屈尊不代表永远失尊。要想人前显贵，就得背后受罪。

回答正确！

半　路

大憨爹死了。

撇下大憨娘俩。大憨十几岁"打短儿"。挣点钱，或东家给点粮食。

娘出门交代，小儿啊，出门在外，对东家人恭礼知。听打头的。手脚干净。给娘记住了！

记住了，儿听您的。

一次大憨从东家回来，路过扎彩韩家。韩庆岭老婆死了，自己过，靠扎彩挣点散碎银子。

大憨看着纸扎的箱子、库楼、花盆，红花绿叶，纸牛、纸马活灵活现，很好玩。喊：庆岭叔，你真能。扎彩多好看啊！韩庆岭看看他，说：小儿回来了？

回来看看俺娘。

打短累，挣的不多。

是，都这样。

1943年的母亲

不如学门手艺养家。

叔,学啥呀?

小儿,你挺聪明伶俐,若不嫌弃,回去跟你娘说说,叔教你扎彩,保准学好了。

好哇,我下雨阴天的就来你家学。

大憨娘给庄乡红白喜事做针线活,她做的衣裳合身,漂亮。邻村的大姑娘出门,也找来请她做身红袄红裤的,衣裳裁的样子大气合体,叠得整整齐齐,穿上大样庄重。至于工钱,随意。妹妹出阁我这当嫂子的做身衣服还不应该啊?算我帮忙。她这一说,拉近了关系,孤儿寡母的怪不容易,都高看她一眼。

闲下来,大憨娘在门前伺弄那几畦菜,韭菜、菠菜、芫荽啥的,担水浇浇。菜碧绿水灵,散着清香,邻居来了亲戚,大憨娘叫婶子大娘用啥来拔、来割,咱自己的随便拿。她落得人缘不孬。

庄稼人讲究个人情礼往,谁也不白吃谁一口东西。别家地里下来南瓜、地瓜啥的也给大憨家送去尝新鲜。大憨娘谢过人家,说:用啥只管来,咱菜园儿有的。

大憨娘跟街坊邻居处得好,有找她裁衣裳的,"替"鞋样子的,绞脸的,她放下活,立马答应。

鲁西大闺女出嫁前,要用两根白线把脸上汗毛绞了,显出两鬓、额头,叫做"绞脸"。

大憨娘原来是"全人"(这儿把有儿的叫全人)。谁家过喜事,晚上给新媳妇抻炕必喊大憨娘。大憨娘随抻炕随念

99

"喜歌",逗得闹新房的哄堂大笑,新媳妇羞得脸红心跳。

现在大憨娘连门都少出,更别说串门子,怕人家忌讳。

她聊天说话的就前院大娘,路边店的柳四婶,她们紧邻。

柳四婶随和,开朗,不藏不掖,善良,好管闲事。初夏一天晚上,大憨娘把针线活一放,歇歇心,柳四婶家也打烊了,她就过来跟四婶闲聊。大憨娘穿着碎花短袖衫,衬得胸脯鼓鼓的,盘的头利利索索,四婶看在眼里疼在心上。多好的闺女呀,可惜了。

柳四婶"唉——"地长叹一声,说:她嫂子,我有句话窝在心里老多天了,不知当讲不当讲,说错了,你别在意,莫生气。

四婶子,你就跟我的老的一样,有啥不能说的,你说。

你想走一步不?

三年过了。婶子,我不是没想,只是还忘不了死鬼。

你不能守一辈子,再说了,走一步也不为褒打(不好)。

婶子,哪有合适的呀,我害怕给咱憨小儿找个后爹,待小儿不好,那我就倒霉了。

合适的人?有!

谁?

韩庆岭。人性不孬,前几天听说还想收您小儿当学徒。不会外待孩子。

婶子,我想想。

行。想想。过几天给我回个话。摇头不是点头是!

韩庆岭原来没往这事上想,柳四婶一提,心动了。走里

1943年的母亲

走外的转悠，一袋袋地抽烟。烦了出家门，跟线儿提的样，脚一迈就去大憨家菜园儿，往大憨娘身上瞧。这才发现大憨娘利索，穿戴素雅。他心里慌慌的、跳跳的。

大憨娘伺弄菜畦子，听见韩庆岭脚花儿响，也抬眼看。

几天，柳四婶问大憨娘：你嫂子咋样啊？

大憨娘抿嘴没说话，只点了点头。

事就这么定了。

大憨娘把银灰鞋脱了，穿绣了牡丹的新鞋。换一身虽不鲜艳但整洁的衣裳。大憨娘整了桌菜谢媒人柳四婶，前院大大娘作陪。

头伏还没到，大憨娘包好个小包袱由柳四婶陪着，韩庆岭把她和憨小儿接到家，过了门。

把亲戚送走，洗涮完，星星出全，月亮上房，她凑近东屋窗台听，憨小儿鼾声已起。

韩庆岭闩上门。

大憨娘把灯端到当门。里间屋借月光。坐炕沿。解扣。

进大都市旅游

这是三十年前的事了。

当年,就要退休的刘主任第一次进大都市旅游。一晌旅游下来,他看得眼花缭乱,也累得够呛,腰酸腿疼脚脖子木。

当他坚持到市艺术馆门前掉队了。他发现草坪有个石凳就坐下了,对大伙说:"你们逛去吧,我在这儿等你们。"

小林调转身说:"老主任,你不能白歇着要注意发现。嘻嘻……捡到东西可不兴独吞。""行,行,见面分一半嘛。"刘主任说。

刘主任坐在那儿闭目养神,做短暂的休整。不大会儿,从艺术馆里出来位同志。当这位同志发现了石凳上的老者,便流露出慌慌地朝地下观察,寻找东西状。

"老大爷?"他喊刘主任。

"咋拉?惊乍乍的?"刘主任刚合上眼,被他叫

1943年的母亲

"醒",心里有点不情愿。

"大爷,我的戒指丢了,刚买的,您拾到了吗?"

"我刚坐这儿,没拾戒指。"

"哎呀,我花了1800元,这怎么说法。"他急得光朝地上用劲。

"你再仔细想想,到底掉哪儿啦?"

"我觉得就掉这儿啦。"

"噢。最近这儿可没人来。"

"大爷,您要捡到,可一定给我!"

"那是,那是,我拾到了一准交给你。"

掉戒指的朝西走去了。

刘主任复又坐下。这人真是马大哈了些,买个戒指还丢了,回家怎么交代……

又是半袋烟的工夫。

从艺术馆里又走出位同志。这位同志不急不忙,走到刘主任座位前,弯腰拾起个戒指盒来:"哎,我拾了个戒指。"拾戒指的朝刘主任露出得意之色。

刘主任一惊。可不是在脸前,咋就没看见呢?

"大爷,是您丢的不?"拾戒指的捏着戒指盒儿问刘主任。

"不是我掉的。不过刚才有位同志来这儿寻找丢的戒指,八成是那人吧。"刘主任告诉拾戒指的,"掉戒指的从这儿朝西走了。"

"那怎么交给失主啊?"拾戒指的作了难。

刘主任说:"那还不容易吗。哎,交给艺术馆门口站岗的保安。"

拾戒指的眉一皱,说;"不交给他们。大爷,如果交给他们基本上就是白扔了。"

"那快往西追失主。"

"……"拾戒指的当着刘主任的面,打开了戒指盒,说:"纯金的,怎么也得值2000元。"他掂了掂金光闪闪的戒指。

"大爷,我跟您老商量个事行吗?"

"啥事?"

"大爷,这个戒指作价1000元,算咱俩的。"拾戒指的说:"那咱一人合500元。"

"大爷,您给我500元,这戒指给您。"

"那算你自己的不更好吗?纯得2000元。"

刘主任一说这,拾戒指的傻了眼,悻悻地离去了。

小林他们逛回来了。刘主任主动说:"我要是革命意志不坚定,今天就拾个戒指了……"

小林举起一个小盒子:"刘主任,是不是这个假戒指,我被骗去500元……"

1943年的母亲

酒　神

腰窝镇的陈先生，小日子过得一斗麦子三碗水——又滋又润。有吃有喝有钱花，大大地超过了三十亩地一头牛、老婆孩子热炕头水平，提前奔了小康。

陈老先生嗜酒如命。

他天天喝，顿顿喝，饭可不用，但酒必喝。对菜要求不严格，有没有一样喝。

陈先生常年穿白粗布袜子，黑布条扎腿，干腿干脚，利利索索。

他的两个女儿嫁在邻村小柳屯，他常到女儿家走动，到那里也是喝。

上午出门逛街，碰上文化人也沿上几句。人家说他李白斗酒诗百篇，他哈哈一笑。家境殷实，农活不用他干，学堂上得虽然一般，但肚子里墨水是吃过几瓶的。

腰窝镇"唐临博清"四县交界，经济繁荣，个体私营经济十分活跃，店铺林立，商贾云集。

陈先生进得小铺，寒暄两句，掌柜的立马掀开酒盖儿打一觯子，倒碗里，递给他，说："陈先生，这是上等好酒，刚从临清州进的。"陈先生一闻，果然不错，香甜扑鼻。一口闷下，把嘴捂住。

待回过神来，再与掌柜的搭话："不错不错。啊！呵——临清州的酒就是柔绵甘甜，回味悠长啊！"

掌柜的笑脸相送："陈先生再来呀。"

"那是，那是。记账！"

陈先生顺着街往南走。

迎面一个酒幌儿，他抬腿迈进。

这家的小伙计，恨不得搀陈先生进店。倒茶、敬烟，这是老规矩了。小伙计掀开酒灌儿，随押觯子随做广告："陈爷，这是夜儿从高唐州拉来的。您老尝尝，那真是纯高粱烧，比衡水老白干不赖。"

"噢——"

"陈爷，您还用盘五香花生仁不？"

陈先生道："不了，干喝味正。"

他仍是一口闷。待回过气来，道："高唐州的确不赖，劲正、冲脑门儿。"随迈出门槛去了，扭头对小伙道："爷们儿，记账。"

陈先生往南没走多远，一家铺子的女人出门迎陈先生。

街上传这家铺子的女人有风声。有风声是鲁西方言，标准的汉语意思是作风不正。大半长得特别漂亮的女人，都

1943年的母亲

是容易出问题的。她长的模样是很吸引男人的。特别是她的眼睛,里边像长着钩子,稍微意志不坚定的男人,就被拿下了。所以区公所的区长就常来光临检查指导小铺的工作。局子里的要员也瞄准,掏个空儿来一来。

她伸手想扶陈先生。对了,陈先生也是镇上的一景,人才出众。按现在的说法是可以当电视台主持的。

陈先生叫女掌柜打酒。

女掌柜笑啦,媚他一眼儿。"慌啥,说说话,再喝不迟啊!"

陈先生道:"说啥话儿?快倒酒来。"

"这酒是哪里的?"陈先生问道。

女掌柜夸:"这还是县里的新牌子。"

他饮净一碗,稍停,道:"这新牌子不攻头,我觉得有点上腿啊!"

"记账。"走道儿露扭秧歌状,有些飘飘然了。

他走一路喝一路。出街往南走,串亲戚去,到了柳屯闺女家。

大闺女见父亲来了,快到了晌午饭时,就问:"大大,您喝酒了吗?"

"没喝。"

"那我炒个菜,给您筛壶酒。"

女儿去厨房了,择菜切好洗好还没炒,他这里一壶酒进肚了。走出堂屋,到院子里,对女儿说:"妮儿别麻烦了,我喝完了。"

女儿说:"大,您慌啥?"

"我往你妹妹家看看去。"随说随往外走。

大闺女一看父亲劲儿不对,一定是喝多了,压上火就往妹妹家撵父亲去。

可不,到了妹妹家,父亲正跟妹妹要喝酒哩。

大闺女急燎燎地说:"可别叫他喝了,在俺家菜没炒出来,一壶就喝完了。"

两闺女扶父亲坐下,说他:"你走路跟拌蒜儿似的,还能喝啊!"

两闺女负责月月跟街上小铺儿、酒店结账。大家大业叫他喝得逐渐萎缩。喝成了穷户。几乎把家业变卖光了。

他一直喝到解放,八路军过来搞土改,划成分,陈先生划成了贫农。两个女婿,人前好说老岳父喝酒的事儿。两个女婿都在公社里区里工作了。

陈先生道:"要不是我好喝酒,你们能有今天?"

陈先生临终不吃不喝,靠了十来天。"真神了",人们都说。

咽气了,给他穿衣裳。拾掇床铺,被窝里滚出十几个空酒瓶。

1943年的母亲

烧鸡店

　　这里是千年古镇，商贾云集，酒肆星罗，茶坊密布，店铺饭馆纷纷争艳。如今家乡人又吃上了正宗六拧筋烧鸡。

　　相传乾隆皇帝下江南路过此地，住了一夜。老农会主席还说，刘邓大军南下挺进大别山时，两位首长在张家店里也住过一宿。今古的伟大人物提高了小镇的知名度。

　　小镇没什么特产，一不出和尚，二不出画匠，三不出特大官儿，但镇上六拧筋烧鸡却格外好吃，味道鲜美，有特殊的韵味。吃起来，鸡爪、鸡骨头是舍不得扔的，素有一只鸡爪二两酒之称。

　　按庄上辈分我要称六拧筋六叔的。六叔小时候从事过偷鸡专业。他爹把他吊到梁头上打，都没使他改正。

　　"还偷不？"

　　"偷！"

　　一鞭子下去，又一道血印子。

"改了不？"

"改不了！"

他娘哭着教他认错："小眯，你说不偷了。"

他也哭了："娘哎，不偷鸡我干啥去！"

打那落了个拧筋头的绰号。

六叔不吃窝边草，他以收破烂为名下乡偷鸡。

丈八长的紫莹莹桑木扁担，颤悠悠、悠悠颤地一肩挑。串乡。土色的细丝线拴个铜蜻蜓，拉拉在地上，活的一般，鸡看见了就要叨，一叨、蜻蜓上的暗道机关把鸡嘴就撑住了。他牵着绳紧走，鸡是步步紧跟。行到村外，伸手抓住鸡，使劲一拧鸡脖子，往翅膀下猛掖，鸡哑嗓儿了。或夹怀里，或打包里，一天下来，总能收入个三只五只的，他搞的鸡不卖给当地，嫌丢人。他进城去卖。

六叔机灵利索，城里烧鸡店掌柜的相中了。想招聘他当店伙计。六叔回家一商量全同意，他小铺盖卷儿一背进了城。六叔当伙计干好自己的本职工作就行了呗，可他业余时间还捎带着谈恋爱。对象就是掌柜的那个如花似玉的闺女，叫六叔三谈两谈就把人家的肚子"谈"大了。六叔一看大事不好，凑了个月黑夜领准媳妇撒丫子了。掌柜的是明白人，也没声张。

六叔带来了好媳妇，虽没办喜事，就成了光明正大的六婶子。他跟女人就过上了安分守己的日子，偷鸡摸狗的事就洗手了。

精明的六叔，做烧鸡的手艺已学在身，跟六婶儿一合

1943年的母亲

计,在镇上开个小烧鸡店儿,可就是做不出老掌柜的那个味来,他们为了自己的事业,也顾不了许多了,把脸一抹跟六婶子回了娘家。六叔没少给老岳丈买礼物,一拃没有四指近,丈母娘看闺女疼女婿。闺女一掉泪,丈母娘就架不住了,枕头风吹着绝活到了六叔手里……

从那后六拧筋烧鸡店红火起来。

日子刚兴旺,我们八路军就过来了。土改六叔的成分定的高点,那些年六叔没少吃苦头。烧鸡不能熏了,光等着挨斗,监督劳动。

这次是我回家,转到街上,六婶子还健在,她指挥着儿孙们重操了旧业。这回办是办大的,不是矮锅打炕的小农经济了。跟镇上几家养鸡专业户签了合同,产的烧鸡不光销在聊城临清,济南北京天津也有了一席之地。是真发了,两层小楼拔地而起,130客货车开家来了。六婶子硬留吃午饭。八菜一汤,当然有烧鸡。现在吃起来跟先前一样。到晚上打个嗝,还余味悠长。想来六叔对"烧鸡文化"贡献不小。

临走,六婶子送我。说:"老侄子,你会写字,作篇文章写写你六叔。他没享成福,打鬼子那阵儿,你六叔的鸡汤还救过八路军伤员。"

我答应六婶子,说:"好哇。六叔有功。写出来先给您看。"

"我是怕他们忘了他……"六婶颤巍巍地说。"俺还给镇敬老院代养两个孩子,要钱干啥。"

李玉女

我小学是在家南庙里上完的。跟李玉女同学了六年。

庙里大殿拆了，盖了一排平房，八间，两头各三间教室，中间是老师的办公室兼宿舍。东、西厢房也是教室。后来西厢房的北头两间隔成了男教师宿舍，所以就在那两间男老师宿舍里生产出了一则女学生坐老师大腿的故事。那时我听说了，还挺羡慕那个女同学的，坐大腿比坐板凳强多了，李玉女也挺馋得慌，对我说，啥时咱也坐坐。

上六年级时，教我们语文的老师是从一所中学下放来的，水平高。高得能教全公社的老师。每星期六下午，全公社的老师都来听俺老师上语文课。他主要讲古典文学什么的。当时我就很自豪。教老师的老师教我们再学不好可就没理由了。

俺老师还当班主任。他对作文比较有研究，会猜题，所以全公社统考，俺班语文成绩常考第一名。他的威信就挺

1943年的母亲

高。至于为什么从中学里放下来教小学,说是由于女生的事。我那时当班长,可以说是老师信得过的学生。听到了什么是有点不信的,这么能的老师能那样啊?!所以后来听说城里有女子中学、女子师范啥的,就觉得不孬,省很多事。省得再出坐腿事件啥的。

那次老师发作文本。老师在讲台上喊一个学生,就去一位把自己的拿回来。以前都是学习委员发本子。老师来以后把中学生的班干部结构运用到我们身上,确定了两名课代表,一个管语文,一个管算术。所以作文本都是由语文课代表发,不知这次为什么老师亲自发。

全班四十多个学生,没多大会儿就发得差不多了。

"李玉女!"老师念到一个同学的名字。

全班同学顿惊,因为没这么个人,当然没人去领,你看我,我看你,再看看老师。

"李玉女!"老师又一次严肃地扫视了一遍全班同学。"谁叫李玉女啊?!"

一位同学低着头,不敢看老师。

同学们一联想到这位同学的名字就明白了。

他名字写得也实在糟糕。主字一拐拉成了玉,文字画成了女。

老师并没怎么批评他。其实这比叫到办公室熊一顿厉害多了。老师现场办公给我们留下了难忘的印象。

李玉女字写得潦草,人也不利索。整天鞋拖拉袜掉,裤裆嘟噜。

小学的班长，其实就是管学生的。

当时我管得很卖力。

比如抓课堂纪律，抓卫生，抓文娱活动，抓劳动，帮助生产队拔草等。好的差的心里都要有数，到老师问时好汇报。所以我那时是比较吃香的，男生女生都愿意跟我玩。

有一条我抓得特别死。就是上课时间不准解手。男女生，大小手一视同仁，在这个问题上搞了一刀切。

一次李玉女举手喊："报告！"很正规地请假。

我问："干什么？"

他说："班长，我得解手。"面色挺恳切。

我说："不行，有规定上课时不能去解手，下课时应做好准备。"

一会儿，李玉女大概坚持不住了，拖了个大同学向我求情，走后门。

当时我思想很坚决，没批准。意思是怕把制度破坏了，以后不好执行。

到了快下课的时候，李玉女的同桌"报告"：

"李玉……李主文哭了。"

我一看他，果然流泪了，才开了口儿，让其去解手。

原来李玉女失禁了，弄脏了裤子。农村孩子那会儿穿不起裤头儿。生活困难时，吃的是红萝卜掺菜，在肚里消化得快。

这件事对我触动很大。后来就从宽掌握了。

使我深受感动的是，李玉女同学并不记恨我。越是这样

1943年的母亲

我越内疚,觉得很对不起李玉女。给他赔不是,他倒心大量宽,不怨我,并一直待我挺好,我们成了朋友。他学习差,我主动帮助他,他就挺知心的样子,常常带点小吃物悄悄地给我,比如烧的蚂蚱、蛐子、知了猴啥的。

到了无产阶级文化大革命的时期。我是班干部自然而然地成了保班主任老师的。

反班主任老师的头头学习一团糟,对老师的批评耿耿于怀,看着时机一到就拉人斗老师。

李玉女同学没上当,不随他们斗老师,却紧跟着我。

他们启发他揭发我和老师的关系。×××把你整得可不轻,弄得你男不男女不女的。

其实班主任老师跟我没啥关系,他就送给我一本长篇小说《烈火金钢》,那时定价一元零三分。纸黑乎乎的,封面上大火熊熊,八路军战士大声地呐喊"冲啊"的样子。现在这本书我还珍藏着,书皮糊了又糊,已面目全非了。我读了不知多少遍,它是我接触最早的长篇小说。

李玉女说:"不能怪老师,怨我字写得不好。不然到现在我也写不认真。"

班长连你解手都不准假,弄得你背一辈子臭名!还跟他好?

"那是班里的制度,又不是专门为我定的。班长要是知道后果那么严重,肯定会准我去解手。"

李玉女的表现很使我受感动。这么因势利导地动员,他都没背叛我。

升初中时李玉女落榜了。从此我们就分了手。

毕业后这些年他连个媳妇也没糊弄上。并不单单是因为解手一事的流传，穷是一个重要原因。

后来七难八难凑了三千块钱，从云南买了个媳妇。结果还叫人贩子骗了，媳妇是打野鸡的。跟李玉女睡了三夜窜了，一千元一夜。

李玉女发现后，赶紧喊人去追。围村一片庄稼往哪里找去？！搜了一天也没见影。

实在人想不开。

这不是丢人现眼吗？

没法过了，拿什么还人家钱啊，就喝了农药。

偏偏农药不是假的冒牌货，哎，还挺真。不大会儿就使上劲儿了。

没拉到医院就伸了腿。

我听说了非常难过。觉得很对不住李玉女。

今年清明节，我又到他坟上烧了纸钱。

靠　山

　　小蔡镇长，年轻有为，前途无量。省农大高材生。年轻化、知识化、专业化都占。

　　参加工作几年蔡镇长"蹭蹭"地进步。从副乡长往副书记进位，副乡长只干了一两年转任了副书记。这不，换届当镇长啦。

　　外传蔡镇长有靠山，其实蔡镇长是干上来的。

　　农家子弟没大背景。背景就是他老师。

　　小蔡不菜。干工作嗷嗷的。全县排名，第一第二。不单税收高，其他工作如产业结构调整、蔬菜基地建设、畜牧基地建设、社区建设、党的建设、综合治理、精神文明、社会保障、计划生育、文化产业等。样样跑在头里。

　　一画家为蔡镇长画了幅《鹏程万里》。老鹰展翅，象征镇长翱翔天空，仕途坦荡，前程似锦。安装在蔡镇长老板台后，下属们都夸画画得好，象征意义好。赞扬雄鹰基本上是巴结蔡镇长。

一人对蔡镇长的雄鹰不以为然。镇一中刘老师，那次随校长去镇政府，刘老师对易经、风水有研究。别人歌颂雄鹰，刘老师沉默。他想单就画本身没什么。但占有这幅画的人是有讲究的，不同的人坐在雄鹰下边会生发出不同文化内涵。

次日刘老师从大局出发，他是全镇的人头，他还是给蔡镇长打了电话。

简单寒暄，蔡镇长问刘老师："刘老师您有事啊？"

刘老师开门见山，直抒胸臆："蔡镇长您背后著名画家的《鹏程万里》画得不错。蔡镇长，咱近人不说远话。这里我问您一句，您的属相是啥？"

"刘老师您啥意思？"

"蔡镇长我是为您好，这幅雄鹰是否适合您，这里大有文章。"

蔡镇长："噢——"略一停顿："属兔的。"

"哎……问题就在这里，下面的话不用说了吧。雄鹰展翅不错，但它虎视眈眈对您不吉祥。"

蔡镇长大吃一惊！但随之"哈哈"大笑："谢谢刘老师指点。"表现满不在乎的氛围："哪天到我这里喝点儿？"

"蔡镇长不必客气，您工作顺利是我们镇上的幸事。校长说也是学校的幸事。"

"哪里哪里，要靠你们出谋划策，大力支持哩。"

"蔡镇长，有用着的时候，您就支使……"

"好好好。抽空来玩,刘老师。"

放下电话,蔡镇长转身看雄鹰,越看越不顺眼。鹰眼怒视,爪子想抓。再回忆近日工作似有所悟。遂命办公室把鹰摘之。

时隔不久,蔡镇长叫秘书:"通知中学的刘老师来。"

这次是蔡镇长请刘老师欣赏一幅字,这幅字是中国书协会员大作。毛主席诗词《沁园春·雪》。通篇作品龙飞凤舞,气势恢宏,大气磅礴,天马行空。似茫茫雪原向下压来。

蔡镇长请刘老师。酒过三巡,蔡镇长问:"刘老师您看这幅字怎样?"

"既然您问我,还是掏心窝子,我实话实说。"刘老师如上次说画一样:"就作品本身名家名作没得挑剔。只是挂在您背后是字儿,而且又千里冰封万里雪飘。"

他俩随喝酒随聊。

"请允我直言,莽莽雪原,冰天雪地,万物皆被大雪覆盖,对您是非常不利的天气形势。背字、背字的更不好听。"

蔡镇长的脸儿寒寒的了:"那我那儿应该挂啥啊?!"

"蔡镇长,我喝多了,您别在意。依我之意,您背后应挂幅'大山'。"

"噢,山水。"

"不!光山,不画水。有水又成背水一战了。别怪我胡言……告辞。"刘老师离去。

这幅大山，是中国美协会员著名画家大作。雄伟高山松涛滚滚，气势了得。山下芳草茵茵，偶有牧童牛羊，一派和谐安详静谧的氛围。

蔡镇长背有靠山。每欣赏起大山来，愉悦感通便全身。心情自然好起来，上下一呼百应，工作得心应手。和一把手配合默契。镇里工作在全县里上了排行榜。

换届选举的消息是两年后公开的。蔡镇长仿佛羽毛丰满的小鸟，在镇长位子上坐稳了。

书记提拔，蔡镇长任镇委书记。县里对小蔡也满意。干部群众呼声也高……

推荐、考察、公告、公示一关一关过来，蔡镇长一路顺风。

蔡镇长任书记后，刘老师调镇委，在办公室做秘书。刘老师成了蔡书记的高参。

蔡书记老师已调到市里。

老师下基层视察，来看学生了。这实出蔡书记意外，师生二人叙旧谈话，推心置腹。蔡书记没安排去大酒店，在镇政府伙房餐厅吃点便饭。

晚上蔡书记的车上了高速……

1943年的母亲

周 年

她几晚上睡不踏实了。

老做梦，梦见他。醒来就念叨念叨他：过几天就给你送钱去。你那边现在那些钱也花不完啊。

给你闺女要钱去。

闺女对农村老家的这些风俗习惯不大懂。只听院中大娘、婶子嘱咐，给你爹要扎库楼，箱子，花盆等。这些东西是过周年必须的。

闺女给他爹的这些扎彩是她跟扎彩匠说的。人家兴啥咱兴啥，到那天上午来拿。

这天她早早的就起床了。

死鬼的三周年祭日。

她打扫庭院。这时院中的，村上的人，大总理就到了。大家忙碌起来。

大总理说，不用你拾掇，叫年轻的干，你歇着就行。

三年前的今天。

他突发脑溢血，没抢救过来。正当盛年，去世了。

她哭得死去活来。哭憨了。哭得不认人啦。她20多天没出院。第一次出门，腿都不会走路了。

她骂死鬼把她勒了，孬命，撇下她没人管了。

尽管儿女都孝顺，她还是觉得不好过。她也不缺吃、不缺喝、不缺花。实际上就是没个说话的。精神生活的空虚，折磨人。死鬼你怎么不把我喊去啊！有时她实在受不了了就说憨话。

街坊邻居，大娘婶子都过来送纸，安慰她。说说知心话。有的还劝她走一步吧。她说，住两年再说吧。趁着年纪不是很大，再大了老了就不好找了。

这事她不是没想过。跟儿女一起过，到晚上，人家一起往自己卧室去了，剩下老娘自己了。那种孤独的滋味真不好受。

大总理差人去扎彩匠家把扎彩拿来了。

库楼。把大门剪开纸钱塞进去。箱子上边剪开也装进钱去。两盆花，放在供桌两旁。沙发、茶几、电视机扎的真像。简直乱真了。

特别是那辆小轿车更是传神。色彩鲜艳、亮丽，博得大家的喝彩。

她也走过来看这台小轿车。

不看不知道，一看，她吓一跳！

扎台小车不怎么要紧，要紧的是台小红车儿。

1943年的母亲

小红车也不当紧,要紧的是女的开车。

女的也不很要紧,要紧的是个女孩儿。

女孩也不怎么要紧,要命的是女孩长得太漂亮了。漂亮的叫人心疼!

就这么个女孩,整天开车拉着他,那还不坏事儿啊……拉来拉去,拉毁个儿的了。

她心里沉重起来。一句话也没说。

前来祭祀的亲朋好友都到了。

将近中午,大总理安排去上坟。

上坟。要把送来的纸钱和扎的这些高仿带到坟上烧掉。

只要一烧掉,就都是他的东西了。

她心里斗争十分激烈。是把小汽车带去,还是留下。留下要跟大总理说。只有大总理发了话,才能定夺。

马上要装车了。

她哆哆颤颤地走到大总理跟前。大总理问她:"嫂子,你有事啊?"

她说:"也没啥大事。他大叔,你看那小汽车还上坟啊?"

"咋?"大总理问。

"也不知那边修油漆路了吗?"

大总理说:"嫂子,那边跟这边一样。不光油漆路,也高速啦!"

他一把抓起了小汽车,递上车。

她心里一紧。眼里涌出了泪……

"我的那孬命唉——"

社会万花筒之中国微小说系列丛书

购　物

　　刀具购物，进厂发贵宾卡，最后凭卡领纪念品，大家领卡挺认真。

　　小伙子接待，他讲刀具滔滔不绝口若悬河机关枪似的。

　　看了几处出刀子的机器，七拐八拐来到"洗脑室"，全国旅游一样的东西，卖方的"劝购员"赞扬歌颂刀具，他温柔美丽的陷阱让你防不胜防。

　　小伙子扎围裙，小眼睛，大嘴巴，语速快。欢迎山东的朋友来到江南刀具厂，现在我讲刀具的特点……

　　我们坐凳子，两个小孩在里边玩。小伙子表演的成分大。只见他拿出把亮闪闪的菜刀，我的刀敢砍钢管子，不信现场表演。他握刀向桌子上钢管儿砍了三刀，摸摸刀刃完好如初。他叫前边老同志检验。不光刀快而且刀把运用力学设计，切东西省力。

　　他讲：今天卖六百元的，让利山东朋友，我另外再送

1943年的母亲

一把切熟肉的刀,一把砍骨头的刀,三把刀仅售二百八。这还不算我再赠送磨刀棍一把,小刀一把,剪刀一把。这六件只收二百八十元。切生肉的和切熟肉的刀要分开,是生活常识,有益于身体健康。今天仅售三套。

他又拿出来刮皮刀,像我们家用的刮土豆、地瓜、黄瓜啥的刮刀。两头是刀片,中间绿色塑料手柄。他说:大家都知道吧,这是刮刀。我厂刮刀坚固耐用。随后拿起白萝卜刮了几下,又刮了几下,他卖了个关子,把刮的萝卜片儿一抖,变成丝了,全是细细的萝卜丝。

女同志们的眼睛一亮,叫好!他说:我踩上去看看怎样?他把刮刀放地上,他单脚踩上……但是刮刀不多了,我要看看除去配套的还余不余?

他又拿出了淡绿色的塑料案板。咱们用的案板大都是木质的。木制的案板容易发霉繁殖细菌,据化验,木质案板的大肠杆菌是卫生间便池的二百倍!

吓大家一家伙。

我这案板是竹纤维的,坚固耐用,环保、卫生,重要的是对人体健康,所以说你不是买的案板是买的健康!

他举起来"啪!啪!啪!"冲桌子摔了三下。怎么样?坚固吧。

他的动作渲染了商品,烘托了气氛。今天也让利山东朋友原价一百八十八,现仅售六十八。

这时,那个叫王一晨的小朋友对"劝购员"说:你使刀砍砍你的案板。

大家都笑了。

劝购员一时觉得挺尴尬。说：请家长看好自己的孩子。别影响大家。

只见他从女孩手里接过一男式四角裤头，这是竹纤维的男式裤头。他双手插进去把裤头拉长三四倍，他说：男人穿三角裤头，压迫前列腺。给男人买条四角裤头是献爱心。还有袜子也是竹纤维的治脚臭、脚气，数量也不多。还有剃须刀我把它放到水里，待会儿你看还行不行。

小伙子从水缸里把剃须刀捞出来照样飞转，他插上电放水缸里照样充电。他这个表演有点动心，不过剃须刀防不防水不重要。

这款剃须刀原价六百九十元现价二百八。给男人捎个吧。下面咱随意挑各种东西。

"劝购员"讲完，还真管用，大家踊跃购买，什么仅售三套？三十、三百、三千、三万……都有。

女人拥挤着买案板、刀具、裤头、刮刀等。

山东的朋友大约消费了万元。

这还不算完，叫我们去领纪念品，实际是去S型超市强制走一趟。直线距离百米长的超市要走近千米的货台。

开始叫尝咖啡，小伙子表演一只手夹四个小杯子，另只手往里倒咖啡。每杯有大约3CC咖啡。还有给巧克力豆的，不是夸张真是豆子般大小。卖刀的、卖衣服的、卖钢精锅的、卖不锈钢炒勺的、卖毛巾的、卖袜子的、卖巧克力的、卖茶叶的、卖点心的、卖糖块儿的、卖玩具的、卖画的、卖

1943年的母亲

工艺品的等,这哪是刀具厂啊?简直一百货公司。

最后赠送,给每位游客照相。你这里还没摆好姿势,那边就照完了。

这回该放出去了吧?

对不起,还不行。还没领纪念品呢。

领纪念品排队,你往那儿一站,微机里把你的照片打印出来了。

一寸的全身照,多寒颤人,再出张大的吧,九寸的。

小照片儿赠送,大的交二十元。哎!给你个硬纸页装照片。

旅 伴

他俩坐我们后排。男人瘦高挑，女人较矮，好像有病，面色黄。男人穿得板板整整，不好说话。跟他老乡也不交流。

晚饭在苏州一餐馆。他两口子和我们一桌，没来吃。饭吃到半路男人来了，我说：快吃，菜还不少。他点点头没说话，盛饭夹菜。我问：你对象不来吃啊？他说：她犯病了不吃了。我说：要去医院吗？他说：不用，休息一下就好。我说：打个车咱一块回宾馆吧，我们不去自费漂流了。他说：行。

女人歪坐在门口椅子上。我示意家属问问她怎样。导游给我宾馆地址、电话，中街南路米兰啥酒店。忽有人说：你们可以跟车走一段，然后下来打车。这义和女导游扶着病女人上车，一会儿大车停下来，司机说：你们下吧。

苏州司机还不错。我怕宰游客，就问男人：咱去医

1943年的母亲

院吧？

他说：不用去。

她吃药了吗？

吃了。

她在家也常犯病吗？

也犯过。

我想司机听说有病人大半不会拉我们围城转了。我掏出二十元给了司机。后边男人递过来张百元大票。我说：不用，给他了。

他说：你看看叫你破费了。

我说：谁拿不一样啊。

他两口子进房间，进屋女人就趴床上了。我跟男人说：有事叫我们。男人说：谢谢，谢谢您。我说：别客气，出门在外，咱一伙的。家属去隔壁问问女人病的情况？她回来说：没大事稳住了，还在床上趴着。

早起床，我说：你到隔壁问问病好了吗？男人说：好了，谢谢你们。男人说：等会儿把钱还您。家属说：还有那事啊！不要啦。

早饭，男人第一次面带了笑容说话。从苏州到无锡先去购物，我们在车下自由活动。男人在一小卖部大概换了零钱，猛的递我二十元钱。

我边躲闪边说：还有那事啊？不要！

他又塞我上衣兜里，我掏出来扔给他。他复又给焦玉芝，她也没要。

我说：你家属病好了就怪好的，没那事。

在去看灵山大佛的路上，女人从后边递过来两把开心果。人啊，我想谁也不愿意沾谁的光。他两口儿心里不落意。进灵山前在广场休息，女人对家属表扬我，说：一看大哥就是个机关人，没想到心眼那么好。昨晚多亏了你们帮忙。家属说：在一块就是朋友能看着你生病不管吗？从灵山大佛回来，都买水果。家属挑了香蕉递给老板称十八块二，这时那两口儿也买橘子把香蕉钱开了。他们老装着那二十元钱的心事。我心复沉重起来，好像做了丁点儿好事得到回报一样。

在茶壶厅洗脑完毕，我们去对过餐馆儿吃饭。饭馆儿馄饨，十元一碗，他两口儿也在，我交了四十元。男人要交钱，男人大半觉得情又欠下了，他点了几个小菜儿十六元，我们一起吃。随心里又安稳些了，上车开始返程。

深夜到博山一站，张店又一站。凡在淄博博物馆上车的都在这儿下车。他两口儿要下车了，他们站在过道里，跟我们话别：俺先下了，再见！我说：再见！女人跟家属告别：嫂子，我到家了，谢谢你。再来这里联系，啊！再见！再见！

车上人不多了。淄博周村一老同志问我：你们不是一起的？

我说：不是。

我以为你们都是聊城的呢，帮助他。

我说：他们不是聊城的，姓啥也不知道，刚才下车我才知道他两口儿是淄博张店的。

1943年的母亲

保定的枪声

两声清脆的枪声,震彻长空大地,从保定传到华北、传遍全国。

枪声钻进河间县北曹庄支部书记赵明利耳朵,当年堡垒户,刘青山的房东,正在小喇叭儿听"河北省人民公审刘青山张子善大会"实况转播。他心疼,兄弟呀!你没倒在敌人的屠刀下,却被新中国正义的枪声夺去生命。

他目光呆滞地遥望保定正月十五的天空。老赵前思后想,咋就不给老革命留条命啊?老赵记起跟刘青山说过:

兄弟呀,你还记得吗?我说过你有福。还说过,你命大。

刘青山说:明利哥,啥福啊?干革命,头掖到裤腰带上,说不定哪天头搬家了!

这话我信。但,我说你命大,不假吧。

刘青山在白色恐怖中参加了冀中"高阳蠡县红色暴动",是一九三二年。他被捕才十六岁,还是红小鬼。

那天老天爷阴沉着脸,深秋的寒风,吹得你瑟瑟发抖。四周持枪的敌兵,架着机枪。一长串被捕的红色革命党人,被押刑场。

五盘大铡,铡刀张嘴放着寒光。呲牙咧嘴的侩子手凶神恶煞紧握铡把,"咔嚓、咔嚓"十八个身子都一刀两断。

前面十八个烈士血染刑场,铡磴被血水泡起来。你昂首挺胸走向铡刀。负责行刑的敌兵团副,举起的手始终没狠劲劈下,他围你转一圈,这边看那边看,咋看你也是个孩子,以为抓错了。他大皮鞋一家伙把你从铡磴上踢下来,掉在烈士的鲜血里。他喊:松绑,抱头玩蛋去!

你命大,阎王爷没点你的名,捡了条命!

老赵仿佛看见被日伪悬赏一千五百大洋的刘青山,时任河间、大城两县县委书记,他率县大队和民兵跟日寇作战,冒着枪林弹雨,出生入死,早把生死置之度外。一九四二年日寇在冀中推行"三光"政策,残酷的"五一大扫荡",二十六岁的你随时有被买去头颅的危险,但你毫无惧色,坚定、沉着、冷静,靠俺们堡垒户掩护,昼伏夜出,克服难以想象的困难与日寇周旋。

刘书记,当年你是俺们的主心骨啊!

你住俺家那些日子,困难到了极点,你每天勉强吃几个糠菜饼子,喝凉水,我穷得连根老咸菜都叫你吃不上。在地窖子,看着你香甜地大嚼菜饼子,我心里疼得慌。没离地方我就说,对不住啊刘书记!等咱打跑日本鬼子,日子好过了,我请您吃净米净面的窝窝。你说,好啊——明利哥,叫

1943年的母亲

嫂子蒸焦黄的棒子窝窝吃。

你白天藏在夹皮墙里、地窖子里,晚上越过封锁沟去县城开会,听汇报,安排工作。天明前早晚赶回来,夜以继日的奔波,累病了,发高烧。我夜里往返六七十里去县城抓药,熬药喂你,你嫂子借来白面鸡蛋给你做热面条喝。你病慢慢好起来。

你说,明利哥,谢谢你和嫂子,我又捡回一次命。

老赵幻觉里看见当了大官的刘青山耀武扬威地走来。

抗战胜利了,你担任了分区书记,骑洋马来看我。你说明利哥冒着生命危险保护我,不能忘老房东。我借钱跑十几里路买来酒菜,吃饭时你指着烧鸡说,色不正,是昨天的,不能吃。我心里一疼!刘书记你也是雇农出身,房无一间地无一垄,没吃过饱饭……没法,我找人骑驴加鞭又去镇上买来新出锅的烧鸡。

兄弟呀,你变了啊!变得太快了!

你坐了江山。可会享福啦。花天酒地。啥好吃吃啥。

说你吸毒,其实我知道你打仗那会儿饥一顿饱一顿落下胃病,吸口那玩意儿止疼。

不过你在女人面前没打败仗。据说女的要提拔,坐屋里不走,却把你吓跑了。你是地委最后一个硬撑的男人。这点儿,有地委书记味。

数九寒天你要吃鲜韭菜馅儿饺子。大腊月里,冰天雪地往哪儿弄鲜韭菜?不是异想天开吗?难得炊事员掉泪。可更难的是,兄弟,你还不能吃韭菜,你胃病,吃了烧心。

去北京四季青买来韭菜。炊事员把韭菜切头去尾，留中间一段和调好的馅一块包到饺子里，把韭白儿露在外面。饺子煮熟抓紧把韭菜从饺子拽出来。这样既有鲜韭味，吃了还不烧心。

憨兄弟唉，你常挂嘴边："天下是老子打下来的！难道享点福不应该吗？"

是该享点福了。但你享的，有点过头。

我许的你，咱过好了吃净米净面的窝窝，还没兑现。你忙，从天津到北曹二百多里，没好路。你舍不得耽误那天时间！

你忙。忙工作。也忙着捞钱。你贪污那么多钱干什么？

憨兄弟，咱毛主席都勤俭节约，穿补丁衣裳。你贪污惊动了毛主席，死刑是他老人家钦定的。毛主席说，给刘青山说情的一概不见。枪毙刘青山张子善两个，就挽救两百、两千、两万干部！

毛主席说，老百姓是叫我挥泪斩马谡啊！

听说你在号里哭得痛，把烂事自己都担起来了。够哥们儿！别挂着孩子，不行接到我这里来，吃饭就是添两双筷子。

中央批准给你留全尸。

公家买上好的棺材。

家人不按反属对待。

咱铁骑、铁甲、小三儿弟兄仨党给抚养，供上学到参加工作。

你放心走吧，我的憨兄弟。

老赵泪流满面地遥望西边的天空……

1943年的母亲

段县长断案

张老汉老伴生病，抓药。这不冲着大公鸡下线，今儿县城逢集，卖鸡去。

老伴儿还舍不得。不卖它，拿什么抓药？"撒高粱"。老伴儿踮着小脚儿撒高粱粒儿，喂大公鸡。再撒一把。大公鸡吃得差不离了，逮住。

集上热闹很了。人熙熙攘攘，摩肩接踵。卖香油的、卖酱油的、卖五香面的、卖肉的、卖布的、卖洋油的、打洋袜子的、卖烧鸡的、卖酒的、卖点心的、卖老鼠药的、剃头的、修脚的、拉洋片的、说书的、变戏法的、饭铺包子棚丸子汤一份接一份的半条街。

张老汉直奔烧鸡摊去。鸡捆得不紧，还没到烧鸡摊，鸡就冲着桌子底下那堆鸡连飞加跳过去了。

卖烧鸡的见大公鸡飞跑过来，眼一亮，刚跑到他桌子底下，伸手抓住，摁到笼子里啦。

张老汉追到烧鸡摊,说:掌柜的,那个鸡是俺的。

卖烧鸡的说:哪是你的?你的鸡。你喊喊它,哎不?

张老汉急得想哭:掌柜的,救救俺吧,俺使这个鸡钱抓药去!张老汉有理说不清。和卖烧鸡的吵起来。

恰好,段县长路过,问吵架的他俩:咋回事吵架?老汉听说是段县长,那就遇上了救星。叫县长断:县长,青天大老爷那鸡是俺的,它跑过来掌柜的摁到笼子里了……

段县长问老汉:你说是你的鸡,你有记号吗?

老汉说:县长我临来喂了两把高粱。段县长问卖烧鸡的:你说是你的鸡,你有记号吗?卖烧鸡的说:没有。

旁边一个卖酒的帮腔:"县长,我看见了,卖烧鸡的刚买的鸡。"

段县长说:好!宰鸡!县长现场办公:卖烧鸡的、卖酒的、还老头儿,你仨都给我听好了,如果鸡嗉子里是高粱,那这鸡就是老头的。如果不是高粱,鸡就是卖烧鸡的。你们仨不管谁没理,都罚十只鸡。

拉开鸡嗉子一堆高粱粒儿,看那堆儿有两把。卖烧鸡的和卖酒的都傻眼了。

段县长说:卖烧鸡的你见利忘义不知廉耻。坑乡下老头坏良心不?给老头十只鸡钱!卖烧鸡的窝囊,不愿意掏钱。掏!一只鸡按一块钱算,十块。段县长命令。卖烧鸡的有苦难言:县长五只鸡钱行不?不行!必须十只的钱。老头拿了钱。段县长说:你抓药去吧,这儿没你的事儿啦。张老汉千恩万谢的对县长磕头。

1943年的母亲

段县长又喊：卖酒的，过来！卖酒的吓得浑身筛糠哆嗦着走过来。

段县长说：你作伪证欺骗本县该当何罪？！

卖酒的说：我错了县长，我改了我再也不敢了。

光改了不行！你是认吃？认打？认罚啊？段县长问他。

咋说法？卖酒的问段县长。

段县长说：罚，罚十只鸡也是十块钱。打，去县里挨四十大板。吃，吃半斤蜜喝半斤香油。

卖酒的眼珠儿骨碌碌一转，觉得吃不孬，不破财不挨打，还是吃蜜喝香油。都是好的，说：县长我认吃。

好，打半斤蜜半斤香油来。段县长安排县衙的人去买了。

这会儿烧鸡摊已围得里三层外三层，看玩玩意儿的，听说书的，看变戏法的，赶闲集的都过来了人山人海，看县长断案。

卖烧鸡的过来。是，县长。段县长说：你把裤子脱下来。卖烧鸡的还不好意思，不愿意脱。脱！

卖烧鸡的没法儿，脸羞得跟蒙红布样。磨磨蹭蹭地把裤子脱下半个来。

蹲到桌子上去。段县长下令。

卖烧鸡的蹲到桌子上。把裤子脱好！卖烧鸡的又往下脱了脱，露出了大白腚膀子。

那天万里无云，瓦蓝瓦蓝的天空挂着白太阳。无私的阳光洗刷众生，翻晒着不愿见光的东西。卖烧鸡的大白腚膀子在正午白花花的阳光照耀下，晃眼。玩猴的也没这么热闹。

137

段县长叫衙役给卖烧鸡的腚沟儿里抹香油抹蜜。

你！段县长命令卖酒的，去，吃他腚上的香油、蜜！叫你舔腚！舔够！

卖酒的站在那儿，多丢人啊，也是县城里的商界"名人"。实在不愿意去吃。你说的认吃。反悔了？舔去！卖酒的就象征性的舔卖烧鸡的腚上的蜜和香油。

段县长说：不行，使劲舔！衙役抹一遍，他舔一次。他舔不干净别抹。

人群"噢噢"叫："好——好——"

1943年的母亲

乜二修秤

东昌府米市街商贾云集，买卖火爆，各种米行粮店一份挨一份。卖小米的、卖大米的、卖小麦的、卖各色杂粮的等，都拿出本行本店的最好货色摆在显要位置，招徕顾客。金黄的小米，雪白的大米，蜡色的小麦，墨般的黑豆，淡绿的绿豆，红小豆等五彩斑斓。

乜二在辛掌柜米行当伙计，乜二一身短打，倒也利索。就有一大缺点，懒。掉到地上的粮食粒也不捡起来。门店脏了不随时清扫。东昌有句俗话，哪儿也不喜懒人！何况你是伙计。因此常遭辛掌柜白眼，甚至批评，训斥。

乜二虽不犟嘴，点头称是，但心里不服，怀恨在心，老想找茬报复东家。

辛老板卖米的秤坏了，不知是否乜二使坏。辛老板看了看秤，也不追究，随叫来乜二，说，二弟，你到城里修杆秤吧，要快。

乜二痛快地一声，好嘞！乜二来到东关大街秤铺，言称请给修杆重点儿的秤。

秤铺师傅问，要多重的？

乜二的小眼珠儿骨碌碌一转圈，说十六两半的就行。

新秤拿回来，辛老板每卖出一斤米，店里就赔半两。卖十斤就赔五两……乜二做贼心虚，怕辛老板查出来自己的孬点儿，两天后辞职，辛老板清算了工钱，语重心长地说乜二：兄弟得罪了，老哥哪儿做得不到，还望二弟海涵。

乜二面上谢了东家。走人。

乜二在家小住几日，已对种田不感兴趣，还要出去到城里混。老俗话，干啥的忘不了啥。

这次南下济宁州，仍给米行粮店当伙计。靠打工积攒散碎银子。

世事沧桑，人生历练，乜二慢慢悟出做人、经商之道。小心翼翼地做起自己的生意。

小本，开一家米粮小铺。他一改往日陋习，勤俭持家，从一米一粒点滴做起，买卖滚雪球般膨胀起来。

越来越红火的乜二，有了门面房、仓库，大车小辆，伙计，掌柜等。大干十年，已成了济宁富商。附近徐州、商丘、枣庄、曲阜都有商家联系，名声在外。

乜二现在没人喊他叫"二"了，"乜老板""乜东家"，甚至"乜老"地喊起来。

富是富了，金条银元也有了，但每当夜深人静的时候，想起给东家修秤一事，就颇感内疚。对不起东家，自责之心

1943年的母亲

时时唤起良心发现。自己能有发达的今天，不多亏东家传授吗？终于一天，乜二决定回老家一趟，到东家米行，当面说清修秤之事，赔罪道歉。

乜二坐花轱辘轿车，大洋马拉着，回到老家东昌府地界。

东家开的那家米行，他顺着街找了个来回不见了。打听老东家的商号，有热心人告诉他，老东家大发了，带着乜二，来到一处高大雄伟的建筑前，见到了，已是晋冀鲁豫四省，甚至陕甘宁粮油大买卖的董事长老东家。

主仆二人相见甚欢，老东家没有小看乜二的意思，把他让到客厅，用茶。

中午在大酒店设宴款待乜二。主仆畅叙友情，老东家看来没怨恨之意。

乜二遂鼓起勇气和盘托出。说自己小肚鸡肠，一点小事往心里去。

老东家说，老弟言重了。当年我也有不当之处，做买卖心急心切。对老弟要求苛刻了，再次请老弟原谅。

事说开了，也就漫天的云彩散了。

老东家笑笑，说，那日你走后，我心里也不是滋味，毕竟一起共事多年。不知咋回事，你走后客户与日俱增，甚至把别人的买卖都挣过来了。

第五天头上我找到了原因，起初准备去城里重新修秤，后来转念一想，这不正是我所崇尚的经商之道"薄利多销、让利百姓"吗？！

社会万花筒之中国微小说系列丛书

　　于是我拿定主意那杆大秤就一直用下来。想想买米买面的人，回家大都过秤，我给的多，回头客就多。如今我干到这份上，还要感谢乜老弟您啊！

　　那日主仆二人皆大醉也。

1943年的母亲

圣人的窝头

明末清初,鲁西大旱,颗粒无收,赤地千里。加之战乱频仍,到处难民。草根树皮吃光了,逃荒要饭,妻离子散,家破人亡。

东昌府一书生带妻儿老母逃难,流落到黄河南,济宁州地界。天色将晚,连累加饿实在走不动了,书生一家,宿在汶上城边一庄破车屋里。

书生望见了寺庙,就忍饥到那儿乞讨。书生见过方丈,诉说要饭来到此地,麻烦师父行行好给点吃的。方丈拿出一个窝头给书生,书生谢过,快步走了。

过了不一会儿,书生又来到寺庙,还给方丈要饭。方丈这次给书生两个窝头,书生接过窝头谢过方丈赶紧走了。书生回到破车屋一会儿,又回到寺庙。

方丈这次给书生三个窝头,书生兜住窝头,谢过方丈仍是快步走了。书生回到破车屋时间也不长,第四次来到寺庙见过方丈,深鞠一躬,还是要窝头。

方丈面露难色,犹豫片刻,一狠心的样子,进屋拿出四个窝头。方丈把四个窝头递给书生,惭愧地说,真是对不起,施主,你可能不信,没想到我这儿的情况会如此的糟糕。徒弟都离去了,我实在给不了你更多吃的,请原谅。阿弥陀佛!

书生也很不好意思地接过四个窝头,提起长衫兜住,向方丈千恩万谢,深深地鞠躬。书生面色蜡黄,虚汗频出,转身摇摇晃晃地离去。

大约半个时辰的光景,一女子哭啼啼来到寺庙,见到方丈,二话没说,扑通给方丈跪下了。

方丈见此情景,说,快快请起,这是为何?

女子不起,哭诉,师父啊,您快救救我丈夫吧!

原来这位女子正是书生的妻子。她说,丈夫饿昏在地,不醒人事。方丈此时有些不信女子讲话。方丈疑惑地问,女子你告诉我,我前后已经给过你夫君十个窝头,对吧。

女子回话,是的师父,没错。

他说你家四口,平均每人也两个半窝头,吃了也不至于饿晕啊?

事情是这样的,书生要到方丈一个窝头时,叫母亲、儿子她俩吃了,母亲不吃,给了孙子。

要到两个窝头时,书生给了母亲和儿子,他和妻子看着母亲和儿子吃下。

要到三个窝头时,书生分给母亲、儿子、妻子。书生看

1943年的母亲

着三人吃了。

当书生要来四个窝头了,书生面对生命中自己最亲的三个人,他想世上人千千万,但就这仨人揪心,牵肠挂肚。书生把窝头依次给母亲、儿子、妻子,还剩一个窝头。妻子、母亲、儿子都劝书生:夫君、儿啊、爹啊,你吃了这个吧!书生欣慰的看着家人和唯一的窝头,舍不得吃,说,我在庙里吃过了。他递给了儿子。

书生由于过度劳累,四次往返寺庙,滴水米粒未进,他实在太饿了,一阵子头晕眼花栽倒在地。

方丈闻听女子一席话,心中感慨万千。

对书生的作为赞叹:有一个窝头首先想到母亲儿子,最终叫儿子吃了,这里有孝又有舐犊之情,遂算慈父,却是脱不了本能的俗人。

有两个窝头时,再想到母亲该吃,是孝顺儿子,有尽孝之德,虽算孝子,也不过是常人之举。

要到三个窝头时,终于想到妻子也该吃了,顾伴侣之情,夫妻之义,可算是好夫君,但仍属凡人一个。

倒是这最后之举不一般化了,可圈可点。

有了四个窝头,本该自己吃一个了,却未留给自己吃。

书生果真有好的修养,真正的善人呀!当救!当救!方丈叫女子快领路去救书生。

方丈跟随女子来到破车屋,方丈拿出最后仅有的一个窝头救活了书生,方丈双手合十,念出一声:阿弥陀佛!然后回到庙里。

145

只一小会儿，正在打坐的方丈倒在蒲团上。

其实方丈已一天未进斋食。

世人说，舍己为亲人者是善人，那么，为不相干的人而舍己呢？应该是圣人！

第二天活过来的书生，安顿好母亲，跟妻儿挨村要饭。

书生要来饭，路过寺庙，书生要进去面谢方丈救命之恩。见方丈倒在蒲团上，书生喊，师父！师父！你醒醒！书生赶紧端来水，给方丈喂水喂饭，方丈苏醒过来。睁眼一看是书生，说，多谢施主。佛法无边，普度众生，愿佛保佑师父……

书生，眼含泪水，师父您叫我施主，羞煞我也。您才是真正的施主，要不是您的施舍我一家都会没命了。您今又救我一命咋不是施主啊？师父念，阿弥陀佛。

大灾过后，书生奋发苦读，大考之年，进京赶考。善有善报啊，书生得中头名状元。

回乡当官，特来汶上寺庙感谢方丈。

后书生坐了巡抚大堂，下拨银两重修寺庙，汶上寺庙修得金碧辉煌，成为远近闻名的大寺。

书生并为百年之后的方丈送殡、立碑……

1943年的母亲

巡按救火

巡按，晋大人官印丢了。

直吓得他毛骨悚然，坐卧不安，走里走外，如热锅蚂蚁。

这还了得！丢官印死罪。急火攻心，晋大人牙疼得半个脸肿胀。

晋大人钦差大臣，此次南巡为江南大旱、赈灾而来。一路巡视重灾府县几乎颗粒无收，赤地千里，百姓逃荒，卖儿卖女，妻离子散，家破人亡，饿殍遍野。晋大人心情沉重，闷闷不语，身上银两差不多给了灾民，骨瘦如柴的灾民给晋大人磕头都起不来了，晋大人下轿扶起他们。

清官大老爷啊！清官！

沿途府县州官为晋大人设宴接风洗尘，晋大人落座眼看满桌的鸡鸭鱼肉山珍海味，长叹一声：百姓米粒未进，咱怎能下咽，撤下给灾民充饥。米饭一碗足矣！

府台知县对晋大人为官有所耳闻，但没想到今天这样。

府台知县按晋大人吩咐一一落办。晋大人离去到下一府县，府台知县送银子。晋大人收下，命师爷记录在案，谢过之后，分送给灾民。

晋大人来到山缝县，鱼知县高接远迎，跪在道旁。晋大人一进县境直觉这儿旱灾最严重。坑塘河流龟裂，秧苗干死，比沿途灾情重得多。

鱼知县的接风是简单便饭，晋大人夸知县：明白。鱼知县安排晋大人住县衙最好的房子。安插一心腹跟随巡按，一定照顾好晋大人，若有闪失拿你是问！心腹连连点头，是！是！是！

晋大人查灾认真仔细，鱼知县面上点头哈腰、甚至还叩拜，却想方设法陷害晋大人。

晋大人微服私访，走进百姓中间，调查鱼知县的为政。

"他真该姓鱼，鱼肉乡里！"

"他顿顿好酒鸡鱼，鱼知县嘛。"

"县里人口三万多，现在连一万也不足了，逃荒的要饭的饿死的……"

鱼知县怕巡按御史动真的，惶惶不可终日。

正在晋大人想下决心查办鱼知县的时候，晋大人的官印丢了。

晋大人分析定是知县的坏主意，设计陷害本官。偷走官印定是知县心腹。阻挠查账进度。

晋大人是内紧外松。苦思冥想怎样从知县手里拿回官印。

1943年的母亲

巡按跟知县说话依然谈笑风生,淡定自若,毫无害怕紧张的意思。

知县的嘴脸藏而不露,面上嘻嘻哈哈,看巡按的笑话。

巡按就是巡按,水平比知县高多了,明镜似的穿透知县五脏六腑。

急火、急火……巡抚一拍头:有了。火、火,救火!救火呀!

一天晋大人约鱼知县到他家吃顿饭,感谢鱼知县对本官鞍前马后伺候。

鱼知县闻听巡按御史请,心犯嘀咕……

晋大人备下家酿薄酒。鱼知县,谢谢您连日为本官劳顿,薄酒一杯略表谢意。请。

晋大人您太客气了,见外了。您到小县查灾救灾风尘仆仆不辞劳苦,是下官的榜样。真叫下官心疼。要说感谢的是我,还望大人美言,给小县再拨些钱粮,救灾民于水火。

鱼知县您又客气了?上奏是本官职责,一是一二是二,本官决不贪污社情民意!

鱼知县闻听巡暗语似双关,吓得汗滴答下来。

酒过三巡,菜却没过五味。

巡按仅备四菜。鱼知县哪吃过这灾民之饭,见巡按御史伸脖瞪眼地吃下。他强咽着巡按劝让的小菜。一碗蒸榆树叶,一盘凉拌马齿苋,一盘咸菜条,最好的一碟豆粒儿。

二人正酒酣之时,家人忽大喊:着火了!快救火啊!

后院突然起火,巡按呼地站起,急忙进卧室捧出官印盒子。

严肃地递给鱼知县,说:这是我的官印。麻烦你快拿走代为保管,明天一早送来,我赶快去救火!

巡按说完不容知县有丝毫推辞的机会,跑开救火去了。

鱼知县欲言又止,他有苦难言沮丧地捧着空盒子回家。

鱼知县几乎一夜未眠,眼熬红了。天明若空盒子返回,那就说明自己把巡按御史官印弄丢了,那可是要命的大罪!他思忖再三,知县只好把从巡按那儿偷来的官印放回盒子。

第二天一早知县捧着巡按官印盒送到晋大人家里。

晋大人看着鱼知县红红的眼珠,接过沉甸甸的官印盒会心地笑了。谢谢鱼知县了!

鱼知县哭笑不得。哪里,哪里,下官应该的、应该的。

晋大人的上奏皇上批转。追加赈灾钱粮。鱼知县贪赃枉法、鱼肉乡里、克扣救灾钱粮、于灾民水火而不顾,杀头……

1943年的母亲

有毒西瓜

村民董四古的西瓜把式，远近闻名。他的瓜不施化肥，光上农家肥，主要是大粪。现在人心浮躁，不施化肥嫌长得慢，有几个像董四古的？老八板儿。基本上没了，董四古的种瓜技术可申请非物质文化遗产。牛皮不是吹的，离老远就闻到董四古西瓜的清香甜味。瓜叶黑腾腾的墨绿，瓜秧井绳般粗，产量高、个大、皮薄、沙瓤、籽少，自然价格贵。但愿意吃的还不少。

这不刚上市，就占了腰窝镇市场，贵两毛还把顾客吸引过来哩。

别的瓜摊儿就不高兴。

董四古隔三岔五瓜田丢瓜。青瓜梨枣见面就咬，农村从古至今流传多少年了，摘个瓜去尝尝也不好说啥。

可是经常丢瓜，就不是一般化的问题了。现如今都摽着膀子过日子，总怕落到后边。时间一长董四古经不住考验了。

不行，我拼死拼活，自己没舍得吃个瓜！你净拣好瓜摘，得想个办法。

看瓜住到瓜庵里，人能不闭闭眼，困了呼噜一打，被钻了空子。轮流值班也不可能，况且还要去卖瓜，瓜田总有没人的时候。

打药！肯定管用，可怎么卖啊，还不是都烂到地里。

再说打药犯法吧，中央台焦点访谈曝光了东边种姜上药，姜农还恬不知耻地说，俺自己吃的不上药，卖给别人吃的上药。良心大大的坏了！

董四古一想到吃姜，就恶心，感觉吃了剧毒农药。

现在的法律太人性化了，多少年没开过公审大会了，几十年没见过枪毙人了。所以就治不住，原因是光在电视上瞎嚷嚷，一点儿事儿不管。

农药是万万不能使，用了农药我董四古就别为人了，谁还理我。

可是良心多少钱一斤？老婆子说，讲良心就是傻子。

就是一分钱一斤行不，我董四古也不坏老祖宗的规矩。现在又讲文明和谐友善诚信哩。

不过好言相劝还可试试。他念过几册书，认百十个字，写个牌子挂到树上，劝劝摘瓜人良心发现。董四古在酒箱子上歪七扭八地写上：请不要乱摘瓜，想吃瓜到瓜庵来！牌子挂上像景点一样，还有人驻足观看。书呆子也！

要写个字就没偷瓜的了，晚上也不用看瓜了。那精神真文明了。

1943年的母亲

董四古说,挡君子不挡小人。牌子挂出三天管用,后来仍丢瓜。

啥原因呢,董四古百思不得其解。我得罪人了?还是嘴馋?嘴馋不怕,瓜能管够吃。董四古眼前有几个人影儿晃荡……

腰窝镇水果店的三扒瞎眼珠贼溜溜的转悠,是他吗?我的瓜一上来,没人买老三的了,水果店的西瓜是外来货,大家相不中。

还是西瓜摊的七大巴子?老七是瓜贩儿,瓜刀亮闪闪的摆着,烂蒲扇哗哗啦啦的呼打。

七大巴子看我的眼光转了味,不是从前的时候眼光暖暖的。

正在董四古调动所有的感情积累研究分析案情的时候,瓜田出事了。

董四古写的安民告示丢了。董四古想,看来得来点真格的了。

董四古又写了个牌子,挂出去。"公告:本瓜田有一个剧毒瓜。不要乱摘瓜。以防中毒。请谅解!"

这次牌子一挂,有影响,再没丢过瓜。

董四古暗自高兴,看来摘瓜人怕毒药。瓜不丢了,董四古心情好起来,瓜产量也日益增长。

好景不长,董四古写的告示,被做了重大修改:本瓜田里有三个剧毒瓜。不要乱摘瓜……

董四古一看头嗡的家伙大了。

这还了得，我咋办啊？！就到派出所报了案。

民警来到瓜田，看了告示，取走脚印样子。经分析涉嫌人三十岁左右，身高一米七上下。民警叫董四古提供破案线索，董四古说了怀疑人，跟民警一对码子，此人八九不离十。

传到派出所问询，七大巴子大嘴一裂"哈哈"地笑起来。

闹着玩的，四哥当真了，我在告示上添了两笔。只要原来没毒瓜，不信的话，任意摘个瓜我就敢吃！

董四古也说，我就是吓唬吓唬罢了，谁敢下农药啊？！人命关天。

派出所调解批评七大巴子恶作剧，包赔董四古几天不敢摘瓜的损失500元。

董四古表态：乡里乡亲的钱就算了，事说开就行了。

七大巴子请董四古、三扒瞎、村长、治保主任喝点。

1943年的母亲

四大嘴挂牌

　　四大嘴好早起晨练，顺着小公路，边走边打拳，也没啥套路，就是活动活动筋骨，出身汗，痛快！今天一出村，来到村北打谷场。

　　其实早没打过谷子了，就轧轧麦子，这二年麦子也不轧了，收割机了，到地头吐麦粒儿。但场里还有麦秸垛。

　　老远四大嘴就看着场里多了堆东西，黎明前的黑暗，看不清。他快步走到近前，哇！一堆苹果。这就有点意思了，一夜间多出堆苹果，蹊跷。

　　他翘腿捻脚躲到麦秸垛窟窿里，观察动静。等到天亮，也没来个人毛儿。四大嘴从麦垛窟窿出来，整整衣服，拍打拍打麦草，庄重地查看苹果现场。

　　四轮从小公路来到场里把苹果卸下，大部是散装，有几个塑料袋子装了苹果，围在边上。没袋子的地方用树枝子划了圈儿。

　　还写了几个大字：各位乡亲，因有急事，先把苹果卸下。谢谢!

噢,原来如些(他好把此念些)。

四大嘴有数了,要帮助老乡看好苹果,不能在咱这儿丢了一个苹果。他回家告诉老婆子新发现,老婆子说:憨家伙,还不拉到家来,你先看见的。

他大嘴一撇到了耳门子:娘们家头发长见识短,不是咱的东西,能往家拉吗?现在什么社会了,改革开放,和谐诚信搞活、还群众路线。唉——人家遇到急事了,咱火上浇油?

那你学雷锋?憨头?

对!我去看着,咱也不是精神高。是应该。

他搬了凳子,提了水,来到场里,坐到苹果堆旁边喝水吸烟。

人们陆续出村,见四大嘴在场里坐镇,当了掌柜,哈哈!鸟枪换炮了四儿!二大牙先走进四大嘴的视野,此时四大嘴眯缝着眼不看来人。

二大牙开腔:四哥,发财了倒腾苹果?抻手摸个大苹果,在裤子上蹭蹭,张嘴想吃。

四大嘴抻手欻过来:对不起,这不是我的,不能吃。

这里还没平息五大巴子也来了,抻手捡个大苹果。说:青瓜梨枣见面就咬。吃个尝尝,先尝后买知道好歹。

老五,这不是我的,别吃。俩弟兄弄了个窝脖儿,四大嘴跟他们告诉了事情的原委。

不知哪儿的,分了龟孙散了。二大牙说:四哥你先见的,你要大半,俺见的晚,俺少要。

1943年的母亲

五大巴子也附和：是啊，这样吧，你百分之六十怎样？俺每人百分之二十。行吧？

四大嘴身子一拧，说：不行。咱都不能要。人家有急事，走了，咱不能坏良心。

二大牙说：四哥，这年头还讲良心？良心多少钱一斤？谁不是见好就抢。

四大嘴说：兄弟们，我不管你们讲不讲良心，现在，我有发言权，别叫我生气，咱还是喝酒，好兄弟。

二大牙、五大巴子说：四哥，俺知道了，你是想吃独的。好、好俺不沾你光了。二人悻悻地离去。

天色将晚，四大嘴回家抱来被子，晚上睡在苹果旁。第二天还搭了个简易窝棚，吃住在场里。

四大嘴看主人三天没来，报告村长。村长听了四大嘴的诉说，表扬他做得对，没丢咱村的人，我看再等几天不来，要想法处理，不然果子坏了咋办？是啊，现在就有快烂的了。

两天后村长跟四大嘴决定把苹果卖了，发动村民自愿买。大喇叭一喊，村民蜂拥出村，带包、带篮子的来到家北场里。

苹果是红富士，这成色的果子市场价5元一斤，村长讲明道理，咱按公道价，不能乘人之危。

四大嘴过秤记录，村民自觉把钱往酒箱子里放。

二大牙、五大巴子见村长到场，歪点儿没出，还都买了苹果。他俩抽着烟，帮四大嘴整理苹果。不到中午一堆苹果卖完了。

他们帮点钱，把百元、五十、二十……的分类，共卖了

15136.7元。苹果共3136.7斤。

村长在斤数、钱数的条子上签了字。说：好，午饭我请客，去"兔子炖鸡"。

行，俺把苹果送家马上到。你得叫喝点好酒啊？

啥好酒？

听说你有老窖53的。

好的！

四大嘴喊住他俩，说：兄弟，你知道我为啥帮人家？那年，我去黄河南驮地瓜秧子，遭了大雨，没法骑车子，邓龙村民给我派车套驴拉回来。谁没个三遭八难的？

二大牙、五大巴子笑了：四哥做得对。唱着歌走了。

四大嘴临走，把酒箱拆了，弄个牌子，上写：拉苹果老乡，村头儿第三门找我。挂到树上。

1943年的母亲

老妈昨天丢了钱

惠玲星期六回家看婆母,见老太太一脸愁容,唉声叹气。原来婆母昨天在小区空地撸扫帚菜丢了钱。

小区在城乡结合部,规划六十座楼,才搬进住户4座,闲置大片土地,树苗儿、杂草、扫帚菜等非常旺盛。翠绿一片,一场小雨滋润,叶尖儿嫩的滴出水来。

小区周边老太太们就撸扫帚菜,全是撸最嫩的尖儿,搁锅里蒸蒸,蒜一调,凉拌,吃起来美极了。

妈——儿媳惠玲一声喊,把老太太从倒霉的回忆影像中拉出来。唉——俺惠玲来啦。老太太的脸色频道还没转换好。给儿媳开开门,惠玲一眼就把老太太的心电图扫描了。

妈,您咋不高兴啊?高兴,高兴,惠玲来家,妈还不高兴吗?

老太太脸皮发紧,不自然的放松,强装笑容迎接儿媳。

儿媳放下东西。老太太说,来家买这么些东西,峰军咋没来？儿媳说，妈，他跟主任出发去新疆石河子考察，还没回来。

噢。

妈，您告诉我为啥不愉快？

没事、没事，没不愉快啊。

您脸上带着哩，我一看就知道。

也没啥大事。是这样，昨天撸扫帚菜，我撸的愣带劲儿，不小心掉了七十块钱。找了一上午，还叫你二婶子，四大娘帮我找，也没找到。沿着昨天我撸扫帚菜的地方都找了，没了。叫人拾去了。

妈，才七十块钱，别难过，我给你七十。惠玲随着掏出钱，给老太太张一百的。老太太推辞不要，儿媳非给不行，就放到桌子上了。虽然儿媳给了钱，弥补了损失，老太太还是高兴不起来。

惠玲借故说出去一趟，其实她去了四大娘家。惠玲孝顺，邻居都知道。

惠玲问了四大娘，俺妈丢的七十块钱都是几十的钱啊，四大娘？

四大娘说，惠玲啊，你妈那七十，五张十块的一张二十的。俺几个帮她找了，没找到。

惠玲又问，四大娘，俺妈的那些钱是新票啊，还是用过旧的？

她说了，是用过的。

是平展的还是卷的？

1943年的母亲

你妈说卷着哩。惠玲谢过四大娘就回来了。

第二天惠玲又来婆母家。

老太太问,惠玲,今天你没去你妈家啊?

惠玲说,妈,我没去。跟俺妈电话了。俺妈说我,你妈丢了钱不高兴,你去多陪陪你妈,劝劝你妈别想不开。几十块钱算啥!

老太太说,俺这亲家母心真好。老太太先进屋去了。

惠玲喊,妈!妈!您看。老太太又出屋,问,咋啦惠玲?妈您看,那树枝里不是钱吗?可不是,老太太一看还真是钱。

她亲自捡起破开一看是七十块钱。

找到了,找到了!惠玲高兴地抱住妈的后背。老太太高兴地几乎掉泪。我给你钱,就把丢的钱引出来了。是吧妈?是、是。老太太喜得合不拢嘴。娘俩包饺子庆祝七十块钱失而复得。

下午老太太送儿媳走,遇上四大娘,惠玲高兴地告诉她,四大娘,俺妈的钱找着了。她们都高兴地笑了。

晚上,老太太夜不能寐,辗转反侧,为孝顺的儿媳满意。高兴的是好儿媳,难为俺惠玲了。

憨闺女,你哪知道,妈的七十块钱里,还卷着一张五角的哩……

驴妮儿

奶奶过世爷爷要自己过,叔叔婶子不同意。

爹您自己俺不放心,在屋里转悠,过来过去一个人不行。养儿干什么?不是老了有人照应吗。

爷爷拗不过叔婶,婶子挺着大肚子给爷爷拿东西。爷爷就搬过来跟叔叔婶子过。

爷爷闲不住,给叔叔喂驴。小草驴通人性,爷爷待见。小草驴春天怀孕了,爷爷精心照料,甚至把自己吃的干粮掰块儿给草驴吃。草驴秋天就要生小驴啦。

在草驴生小驴之前,婶子先生下小弟弟。没钱去医院,村上接生婆接下小弟弟。

一家人喜得不得了,喜添贵子。虽然咱庄稼人不是贵人,但农村生儿生女不一样。

增丁添口,正在爷爷叔叔谋划吃面的时候,小弟弟病了。不吃奶不喝水,小弟弟得了七天风,扔了。

1943年的母亲

婶子悲痛地哭几天,院中长辈劝婶子,月子不能过悲,怕落下病根儿。叔叔也苦着脸,食欲不振。

爷爷一袋袋地抽烟,抽一袋站一会儿,去看看驴。看看驴回来再抽烟。

驴跟爷爷关系亲密,爷爷喜欢驴,驴看见爷爷亲。

在一家人难过的日子里,小草驴要生了。爷爷叔叔在小屋里陪着驴,点盏灯,和衣而卧。草驴生驴那夜,爷爷给草驴接的生。草驴舔干小驴儿身上的毛,小驴儿侧侧歪歪的,爷爷扶着它站起来。该好哩,是小草驴儿。草驴比叫驴贵,叔叔生火,烤它娘俩儿。

婶子烧好米汤饮老驴。老驴喝着米汤,眼里泪渐渐的,抬头看婶子。小驴儿找妈妈去了,小家伙在老驴后腿间拱嘴。真是一物一物的东西,落草儿就会吃奶。

爷爷抱来被子在小屋角铺上干草,和驴娘俩儿做伴。半夜起来帮小驴儿吃奶,可小驴儿不吃了。

爷爷听不到小驴儿"吱儿吱儿"的吃奶声音。

老驴的奶没下来,还是干瘪的。

爷爷犯愁了。一是叫婶子给小驴儿熬米汁儿,喂小驴儿。二是想办法给老驴催奶。喂米汤不行,又换米汁,然后米汁加红糖。还不下奶,爷爷听说叫驴喝奶粉,甚至给老驴熬了猪蹄子汤也没奏效。眼看小驴儿生赖,没精神,不睁眼。

在爷爷一筹莫展之际,婶子闪过爷爷眼前。婶子乳房涨得撑开褂子,前胸湿一大片。这不是现成的吗?可咋给儿媳妇开口啊。

爷爷考虑再三给叔叔说了。老二，你看见了，咱是法都试了，老驴不下奶，小驴儿也眼看不行。小驴儿要死了，咱可倒、倒大霉了。咋办哩？我想起一法来。

爹，你说啊，咱办呀？

是这样，这办法爹不好意思说。

啥法啊，你不好说？说吧儿不怪你。

是这样，你看他婶子那啥……有奶，奶都白瞎了，不如叫他婶子奶奶小驴儿。

爷爷说完，扭脸抽开了烟。

叔叔在驴小屋里转悠几圈儿，回自己屋里跟婶子说了。

叔叔说，是我的意思。

婶子叹口气，泪掉下来。想起扔的小小儿，揪心。

甭管谁的意思，都是为小驴儿好，为咱家好。告诉爹去吧，就说我听爹的话，同意奶小驴儿。你把小驴儿抱来吧。

叔叔回到驴圈里，给爷爷说，爹，她愿意奶小驴儿。

爷爷眼一放光，说了句夸奖婶子的话：我的好孩子！

叔叔抱起小驴儿来到自己屋里，婶子坐在凳子上，解开怀。

小驴儿睁眼看见婶子手捧雪白的"妈妈"朝它凑，小驴儿双腿跪下来，婶子见小驴儿下了跪，眼泪哗地流下来。

小驴儿伸嘴叼住婶子的奶头儿，"吱吱"的，幸福地吃起来。婶子奶头疼啊，眼泪扑嗒扑嗒地砸在小驴儿脸上。小驴儿边喝奶边看着婶子，小驴儿眼里也汪着泪。

婶子奶小驴儿不好意思，怕人笑话，她总是在屋里奶小

1943年的母亲

驴儿。

小驴儿吃着婶子奶,一天天壮大起来。在院子里蹦啊跳啊撒欢,特别是见了婶子更乖,跟在婶子身边,好像跟婶子表演节目似的。半年长成个小大驴了。

到小驴能干活儿了,拉车、拉套。婶子好使,别人的话它还不大听哩。

婶子喊它:"妮儿"。

婶子一声"妮儿",它就乖乖的靠拢过来。

小驴儿水灵灵的眼睛看婶子,像看着娘亲。

年 关

过年要买二斤肉吧，吃顿肉饺子。

要买斤油炸丸子。供香老天爷爷、列祖列宗、老奶奶老爷爷，请他们保佑全家平安，保佑来年好收成。祈求我们有好的未来。

我找屋内放钱的地方，席底下、抽屉里、柜头里，实在可怜，连一分钱都没有。

年咋过？

家里能变钱的有几十斤麦子，还有点玉米，还两只寒羊。我摸小羊的脸，它瞪眼看我，伸舌头舔我。我喜欢它，它铰一身毛卖两块多钱，买十几斤盐。明年它就能怀孕生小小羊了。不忍心卖它，它是棵小摇钱树。

麦子所剩无几，孩子小，总要吃点白面。只能卖玉米。我扛着40斤玉米赶集。粮食市在七队牛棚外，已来不少卖粮的社员。把粮袋口一圈圈翻下来，便于买家看成色。粮食市

1943年的母亲

多是卖麦子,其他杂粮豆子、绿豆、小豆,都是小口袋儿,几斤十几斤的。

卖粮的社员脸色都不大好看,黄渣渣,不红润。在粮食市转悠的全是男社员,都穿黑棉袄黑棉裤黑棉鞋,领口油染的黄不拉几,戴的单帽儿,也一圈油渍麻花,包的毛巾,要放到今天就是垃圾,脖子、头发脏乎乎的。

这其实是我的写照,我大概四个月没理发了,理一次发一毛钱,我节约了四毛钱。

就是这次过年去理发,受到理发师的奚落:你快半年没理发了吧。

我说没钱理发。反正冬天也暖和。

他眼里放射出鄙夷的光芒,我觉得受到极大的侮辱。

人,没么也别没钱。

半晌,老天爷爷起了北风,可以说是黄风。刮得天昏地暗,天地间被尘土包围起来,人都缩着脖子。我多么盼着有买主啊?偶尔来位伸手抓把棒子,我满脸堆笑,乞求地看着人家,说:我这棒子好,是自留地套种的比春棒子不差。可是他问问就走了。

风刮得不敢睁眼,看别人就知道自己,浑身上下头脸眉毛鼻子全是黄土。天转晌,我看实在卖不出,就扛回来。

父亲说:年底卖棒子不行,卖点麦子吧。

其实这事我知道,麦子少不想卖。又等五天,逢集,那时全国逢集都是农历的"一、六"两天,是为打击投机倒把活动。我装了不足二十斤麦子,扛着赶集。我一出胡同口,孩子妈撵上来,她不同意卖这点可怜的麦子。

她说麦子不多了,还要喂孩子,卖别的吧。

我们在胡同口站着对峙。

我低头不说话,她求我的样子看我。我们回家来,看来只有卖小羊了。

小羊是父母亲去年给我们只大羊生的。小母羊儿生的的确好看,小羊明年也可以生小羊。

那几年流行喂狗尾巴羊,即新疆细毛羊。小羊儿的模样可爱,虎势势的。褶皮不少,我给它染了三个红点,头顶、腰上、腔上各一点拳头般大小。

我往外牵小羊儿时,好像知道要卖它,"咩咩"地哭,它母亲也"咩咩"的声嘶力竭地叫,缰绳快蹬断了。

母子分离的场面叫我们肝肠寸断,孩子妈从我手里拽小羊缰绳。

"不卖了"。

我说:那拿什么过年?!

"不过了"。

我知道她说气话。

小羊一牵出来,九叔见了,说,小羊的四个蹄儿黑的,卖不大价钱。和点泥,叫小羊蹄子踩踩,掩盖掩盖。我如法炮制,猛看看不出破绽。小羊一到羊市里,吸引不少社员围观。它虽个头小,但,模样标准,典型的寒羊。

一位临清的社员相中了,他左看右看,相了好长时间。他终于过来问,卖多少钱?我说了数。

1943年的母亲

他摇头：太多，不靠谱。

我说你给多少？给一分不嫌少。

他欲还价时，我父亲过来了，对他说：你还个价吧。

我父亲抓住那人的手，拉到父亲的棉袄下摆里。他们摸码子。父亲一脸的不乐意：你还得添钱。不过你是买家，没"胡张老李"。

那人又看了看小羊儿，他真喜欢上了。我再添这个数，他跟父亲对码子。父亲感到可以了，跟我说了。这时他忽然发现小羊的蹄子黑色，要去钱。小羊蹄儿粘的泥儿转来转去，掉了，露出原色。他跟父亲商量去掉五块钱。

卖给你！咱到北边点钱，都省几毛税钱。

小羊卖了二十九块五。

那人牵走时小羊"咩咩"地叫，叫得我心疼。

我再一次摸摸它的脸，擦去小羊儿的眼泪。

社会万花筒之中国微小说系列丛书

尹玉兰

父亲提前退休,可安排个子女顶替。

尹玉兰姐妹们在农村劳动,出大力流大汗,没黑没白挣工分,都干怵了。五姊妹没不想顶替父亲接班的。

父亲在老县城的邮电支局工作,任支局长。邮局的营业员、电话接线员,工作环境安逸,风不打头雨不打脸。最差的投递员工资也三十几元,比社员劳动一天,工分只六分钱,好多少倍。

姊妹五个,尹玉兰排行老三。父亲提前退休可享受一个子女顶替优惠政策。邮电支局三名职工,他够了提前退休年龄。没这政策盼顶替政策快点来,政策下来,尹局长头"嗡——"的一下子却大了,五个孩子叫谁顶替?谁顶替就是一步登天,脱离农村。

五人都愿意顶替。尹局长作难了。

尹玉兰看出父亲的难处,主动跟父亲说,爸爸,你闷

1943年的母亲

闷不乐,是因为顶替你的事吗?尹局长说,憨孩子,就是为这事。

尹局长辛辛苦苦工作一生、克己奉公、任劳任怨、从没因工作犯过愁。

尹玉兰心疼父母亲,主动提出来不跟姊妹们抢着顶替。娘、爸爸,我让给姐妹们。

她们要都像玉兰就好办了。

尹局长想来想去,抓阄不妥。

按年龄,大的先顶替也不行。

他苦思冥想,把单位的工作方法拿到家来一用。

他安排姊妹五人围绕顶替接班写"决心书"。对顶替接班的认识、提出解决这事的意见。

玉兰的决心书父母亲满意。内容大致如下:

父母亲大人:请二老不要为叫谁顶替爸爸作难犯愁。我亮明态度,说不愿意顶替接爸爸班是假的,顶替跳出农门,是农村青年梦寐以求的事情。但一个岗位,五个姊妹眼睁睁地看着,总有四人不能如愿。

我学过《孔融让梨》,孔融年龄虽小但他知道"让"。俗话说争着不足让着有余。爸爸您常说,退一步海阔天空。

俺考初中,老师还教育俺们"一颗红心两种准备"哩。

父母亲,您儿玉兰十八岁了,还没疼过爹娘,没孝顺过爹娘。父母的养育之恩不曾报答,我决不在顶替爸爸上惹您生气。如果把俺爸爸愁病了,那将是我们全家多么难过的事情。会叫外人笑话咱们。

但是叫谁顶替由二老说了算。如果父母亲叫我顶替爸爸，那我高高兴兴去邮局工作，到单位尊重领导、团结同志、勤勤恳恳、任劳任怨、吃苦在前、享受在后，争当先进工作者。给二老争光，绝不给二老丢人。

如果您不让我顶替接班，那我愉快的面对现实，支持我的姐妹去上班。在生产队仍和从前一样积极劳动，虚心向老农学习，还当劳动模范。条条大路通罗马，不一定挤在顶替接班这一条小道上。毛主席教导我们，农村是个广阔的天地，青年人在那里是可以大有作为的。

以上是我对顶替爸爸工作的态度。请二老看我的实际行动。

父母亲看了尹玉兰的"决心书"，很满意，字里行间充满着爱心、孝道和工作态度。

对其他几个孩子写的不甚满意。有的说体弱多病，有的说按惯例参照顶替的家庭大都是老大先接班。还有说应老小先接班。

三天后的晚上，老两口召开家庭会，宣布了顶替接班人：尹玉兰。

当决定一宣布，其他四个姊妹不高兴了，老大提出来为什么叫老三接班？那几个嘴噘老高，气得吹猪。

老父亲说，我怕你们说我偏心眼，叫谁顶替就是向谁。我可是按公平公正的原则办事。他娘，你把决心书。拿来。

老太太开开抽屉，拿出决心书，平摆在桌子上。尹局长说老太太，你按高分到低分排序95分、80分、75分……

1943年的母亲

都是我的儿,都是我生的我养的,手心手背都是肉,我和您娘一碗水端平。

你娘把你们写的"决心书"名字铰去,做了记号,我找中学语文老师看的你们决心书,老师打分,绝对公平。

玉兰说,娘、爸爸,要不叫大姐顶替吧。

尹局长说,不变了,就这么定了。

现在,尹玉兰干到了邮电支局局长岗位上,省三八红旗手、巾帼创业标兵、镇政府表彰孝女楷模……

大妮二妮

腰窝镇西街吕大娘老伴去世,悲痛欲绝,整天以泪洗面,几乎哭瞎了双眼。亲戚邻居劝,活着的人还得活下去,日子还得过,想不开的是憨!她刚刚吃点饭了,可自己又患脑血栓,弄了个"多半身不遂"。老天不放过俺啊?

啥叫不遂?我见过半身不遂的病号,大夫查房,拿小锤头敲敲病号的胳膊敲敲腿儿,叫她伸伸舌头,睁睁眼,看看这边看看那边,往上看了往下看。命令她动动左手,她的右手却动了起来。病房的陪床们差点笑出声。她说,我是叫左手动的,可是右手表现了听话。

这突如其来的祸事,老娘有病开始考验儿女。你真孝顺假孝顺,半孝不孝,看起来孝顺其实另有所图等,都要表演亮相。街坊四邻的眼都跟X光机似的,看得清楚明白。你的一举一动一言一行都叫他们的眼录制下来,保存到心幕上。

1943年的母亲

好了,咱回过头来再说吕大娘。吕大娘有二女,家业早晚是俩闺女的。大妮儿过得比二妮儿稍好,二妮儿刚离了婚,没房子。大妮就把吕大娘也就是她娘接到她家里照应伺候。

照顾"多半身不遂"的病人可跟一般化的病号大不一样。不遂的病人,要照顾饮食起居、解手、尿尿、擦身子、洗脚、净面、喂药、喝水等一切,多了。

两眼一睁忙到熄灯,熄了灯夜间老娘解手还要抱起来往屁股底下塞盆子。

早晨没起床倒便盆儿打水给娘洗脸洗手,穿裤子穿褂子,穿袜子穿鞋,再扶下床来坐到桌前吃饭,实际是喂娘饭。沥沥拉拉滴滴答答。吃了饭把娘扶到躺椅上,她这里还没刷完锅碗,老娘喊:妮儿解手。放下锅碗擦擦手,把娘扶到厕所,坐到专用板凳上解手。解完了给娘擦屁股。

这是一般化的解手,也是顺利的解手。厉害的是老娘便秘了,解不出来。大妮儿就用铁丝双过来窝个钩子伸到里边往外掏。开塞露常备,捏到里边堵住,堵十几分钟再解。

怎么样这闺女?大妮儿可以吧?街坊四邻也说大闺女可以的。

闺女照应老娘一天行两天行三天行,时间长了,一个月俩月仨月,可时间一长,一年了行吗,两年了还行吗?

大妮儿心里不平衡了,俩人的娘咋光我自己照应伺候?大妮儿找二妮儿,咱娘你得伺候,别拿没房说事,赁房子也得照应娘。

二妮儿没租房子，而是搬到娘家来住，照应老娘。伺候得跟大妮儿一样。当老的的心贱。老娘心疼二妮儿，二妮过得不如大妮，就想帮帮二妮儿。

她爹在世的时候有点存款，不多就十几万。一天老娘把二妮儿喊过来说，妮儿啊，你照应得我愣熨帖，比你姐姐不赖。冬天棉夏天单、知冷知热、热汤热水、喂饭吃药、应时八到，娘累赘你们了。说完老娘掉了泪。

二妮儿说她，娘哪能说累赘啊？！要儿女干什么的？就是伺候爹娘的。人都有一个爹娘，要是连自己的娘都嫌弃，还不如畜类哩！

老娘说，你们都是好孩子，娘真难为你们了，你爹也不喊我去。

二妮说，娘可别说憨话，你再活个十年八年没问题。

老娘又说，妮儿，我可不能再活那么多年。把你们都累老了。我看你怪难过的，心里疼得慌。我还有点钱，在柜里，你到银行取三万。

二妮说，俺不娘，还有俺姐姐。

你姐姐好过，她不在乎的，别憨，叫你取你就去取。

几天来二妮经不住老娘紧说，就拿存折取出三万元。

大妮除去关心老娘，还关心老娘的存款。几乎每次来看老娘，都要检查存折。

这次一看存折，脸立马变色了。

问娘，钱怎么少了三万？！其实她知道二妮取了，别人拿不走。

1943年的母亲

　　老娘告诉她，我给你妹妹了。大妮噢了一声，给俺妹妹了，便宜不到外家，没外人儿。大妮儿扭脸跟老公说，你拿剩下的七万买车去吧！大妮家买了辆小车儿。你怪好的又娶媳妇又过年，净你的啦。住老娘吃老娘一点本不搭。

　　老娘没钱了，没钱可没法过，离钱不走路。卖宅子！老娘安排二妮儿，先卖那处小的，花完了再卖那处大的。

　　大妮儿对象开新车兜风显摆，技术实在一般，没几天拉大妮玩，出了事故，把大妮儿撞成了植物人。车也跑了，找不到肇事者，霉倒大了！二妮儿一边照应老娘一边伺候姐姐……

小 玲

小玲其实不叫小玲。为避嫌化名。她的名字在上中学时自己修改成颇洋气的名字。名字在现在的大学里也不落伍。

小玲生在农村，整天跟土地、土路、农活打交道，自己溶解在农字里。感觉也土气。

说心里话，小玲经过中学、大学的历练，文化知识的填充，气质潜移默化地提高，看上去模样不光不土，反而洋气。皮肤虽然不特白，但是耐看的恬静，一双大眼忽闪着似说话，嘴唇稍厚棱角分明。蓬勃生长的胸脯把褂子拱得高高的。齐眉的学生头发型，配碎花淡色的连衣裙，高个，小腿不胖不瘦，男生是爱看的。可是小玲的家庭条件差。土里刨食的父母，供养个女大学生，力气卖到了十八两。小玲，虚荣心的驱使和同学攀比，总想买上档次的好衣服。

在她考上了"山大"，入学时父亲告诫，妮啊，咱只能跟同学比学习，不能比吃穿！她点头。

1943年的母亲

"一年土、二年洋、三年不认爹和娘"的写照,前半部在小玲身上应验。小玲还是认爹娘的。头年学习抓得还紧,各门功课中上游。二年放松了,干嘛跟自己过不去,反正毕业就工作。大学三年了,已不注重学习,打扮得漂漂亮亮,成了必修课。

最近校园里女生流行高领貂绒呢子红大衣。小玲的爱美心、虚荣心蠢蠢欲动,很想买件穿身上,在班上在校园里才抬得起头来。

她跟母亲电话,说:娘啊,您和俺爹都好吧?

好着哩,好着哩,妮儿你要吃好喝好,肚子别受屈。照应好自己,啊!

娘,我生活很好不用挂着。有个事儿,你跟俺爹说吧。年假我先不回家,几个同学合办个高中补习班。可是要凑钱买教具、桌椅、租赁房子等。

一听女儿要钱,娘的头嗡的一下子就大了:要多少钱啊?妮儿。

娘,每人要凑3000。

好吧妮儿,我跟你爹说。凑够了就给你送去。

星期天小玲往工学院找高中同学先借点钱,把大衣买了再说,到家里的钱来了,还人家。她同学有意不借给她,知道农家女家庭困难,干啥穿这么高级?可一思忖,张开嘴了,怎么合上?还是解囊吧。

午饭小玲没回校,干脆在工学院吃。她买了份饭菜吃起来。

179

不经意间，听到位同学跟个农村老汉说话：大伯，您咋吃剩饭啊？

唉，瞎了怪可惜的，都是好粮食呀，大米饭、白馍馍。菜也剩了半碗半碗的，都是钱买的。

您干什么工作？

我在你校的建筑工地打工，告诉你吧，俺闺女也上大学。

噢。她在哪儿上学？

也在这里，山大。

您咋不去山大打工，跟女儿一起。

我不能去孩子那里，打工的父亲，叫闺女没面子。

小玲听出来，这咋像爹的声音。

她悄悄地扭脸看吃剩饭的老汉。爹苍老多了，头发乱蓬蓬的，满脸的胡须，皱纹纵横交错地刻在脸上。破烂的衣服粘满了白灰。

此刻，小玲的心灵震颤，热血涌上心头，她想赶快离开这儿，离开这个打工的爹，离开干活，吃剩饭，挣钱供自己花的爹。

但，她挪不开脚步。像磁铁吸住一般，粘在那儿。

娘的话音从冥冥之中传来……妮，你吃好喝好，肚子别受屈。

爹娘从来想的都是儿女，把儿女放第一位，把自己冷暖放一边，打工吃剩饭攒钱供闺女上大学。

小玲跄跄地朝爹走去。当她站在了爹面前时，眼见爹吃的半块半块的馒头，泪水流下来了。她哽咽地喊了声：

1943年的母亲

爹。小玲声音虽不大,但,这声爹,像一声惊雷,把爹震懵了……

爹抬头一看真是闺女。爹像做了错事的人。不!爹像做了贼似的,暴露在大庭广众之下。觉得给女儿丢人了,手都没处放。说:我看着瞎了怪可惜的……妮啊,3000块攒够了,老板开了支,我就给你送去。

小玲,擦了把泪,说:爹,补习班办不起来了,不办了。

咋不办了?爹的脸色是不易察觉的喜悦。

爹,没啥,别问了。我给你买碗热汤去。

吃 羊

二叔出名的老实。

二叔年龄大了,把责任田分给俩儿子照管,不缺他吃喝花销。俩兄弟比着孝顺二叔二婶,二叔心宽体胖。

劳作一生的二叔闲不住,大鞭一扛放群山羊。跟羊一起游山玩水,锻炼得身板棒棒的。抽空牵到集上卖个小羊儿,弄二百贴补家用。小日子又滋又润,其乐融融。

二叔老实,一点外交活动也不搞。谁家娶媳妇送闺女他不参与,喜酒也不去喝,喜烟也不抽。有过白事、过周年的人家,二叔也不去礼貌礼貌,也不去送刀烧纸。

就是这样的二叔,村上也没人生二叔的气。

假如换了别人若这样处理红白喜事,肯定会闹不愉快,甚至到关系决裂的程度。这是为啥?因为二叔在村民心中形成了定势,他就那样,不能跟他计较。

二叔没文化,但认识钱,认识生产队长给的工分。

1943年的母亲

　　从一只母山羊起家，当年母羊生了两只小羊儿。二年它娘仨儿都怀孕，老羊生三只，两只小羊儿生了四只，因生病死一只。大小九只羊，二叔扛大鞭，打开圈门，羊们蜂拥而出，争先恐后地跑出家门，一路屙着精致的羊粪蛋儿跑出村去。

　　沿沟边，路旁，地头啃草，肚子吃得鼓鼓的，蹶着屁股喝河水，躺下晒着太阳，倒磨（反刍）。二叔则倚着树，吸袋烟。都说二叔神仙过的日子。

　　二叔率领羊群河边吃草，村长倒背着手，迈着四方步，抽着过滤嘴香烟，跟妇女主任二人，朝二叔羊群走来。

　　村长辈分大，喊二叔：老二，不赖呀，繁殖一群了。

　　二叔，从年轻就特尊敬干部，到老了还是那样。

　　他站起来回答村长：大爷爷，现也没几只能出圈的，都还小。你逛逛啊？

　　对，逛逛。没大事，有计划生育问题，到地里找人，顺便看看庄稼。小山羊真好哇，你可别计划生育，放开，叫它们生！妇女主任抿嘴笑。这肉好吃很了，又香还嫩不膻气。

　　二叔嗯嗯啊啊地没说大话（即过年我给老人家送肉）。

　　妇女主任油光光的脸儿看着村长。

　　村长说：吃这个容易犯错误，羊肉滋阴壮阳，长劲的。村长哈哈笑着远去了。

　　回到家二叔心里打鼓，村长夸羊不是白夸，是想羊啊！二叔没给俩兄弟说此事，若给兄弟一说，就轻松了，现在装自己心里发酵，鼓得肚子大大的。

二叔听说年前村里点宅基地，俩孙子蹭蹭地长，眼看到结婚年龄了。他叫俩兄弟找村长要宅基地，给孙子盖房。

村长眯缝着眼，坐在大圈椅里，也没给兄弟实话，说：看看吧，村两委研究研究再说。

看看！看啥？看东西，看烟酒吧。

转眼，冬天快过完，离年且近。隔三岔五地来人看二叔的山羊，预定买下那只那只。都说，羊年吃羊肉发洋财。二叔山羊的肉几乎都卖进城了。

二叔听了兄弟俩诉苦，心里有数，决定不再卖最后的几只羊。

一日镇里刘干部来到二叔家，找到二叔：老哥，镇长叫我来买您只羊，给县干部要的。

二叔一听给县干部买的，说：同志呀，俺就剩几只羊了，不卖了。您再到别处找找吧。

老哥啊，别处没山羊，我多给钱，一斤给你二十行吧？我买不回去，在镇长面前不落愚吗？！

同志啊，实话告诉你吧，俺村长还没张嘴哩，我得给他留只。

刘干部忽然一激灵，对呀！咋不喊村长一起来啊？光觉得自己镇里干部买只羊还费事吗，放大意了。

遂掏出手机打通村长：四哥，我小刘，是这样，镇长叫买只羊，这不在您村上一老哥家里，你过来吧，他不愿意卖了。

一会儿村长颠颠地来了。

1943年的母亲

二叔笑脸相迎：大爷爷来了。

村长问二叔：老二，镇里买只羊，咋不卖啊？

二叔不好意思地往地上吐吐沫，蹬蹬裤子拽拽袄，手好像没处放一般。说：大爷爷，俺就剩几只了，得给您留一只尝尝啊。

村长说：给我留干什么？给小刘吧，他给县里。

二叔一拧身子，说：俺给县官儿干什么，没用。还是给您准啊，县官不如现管！

苦情戏

康侯财在佛山顺德摸爬滚打快十年了。

黄河故道黄泥汤子村为数不多的大龄光棍儿之一。

马上奔三的老青年,仍漂泊在南方,孤独一人。虽一人吃饱全家不饿,但叫爹娘挂心、操碎了心。

老两口就这一老生子儿,老是成不了家,在村里抬不起头来。

每年春节是打工仔回家的时间,康侯财腊月底倒也次次回家。只要他一回家,父母亲就张罗着给他相亲。托媒人是早办妥的了,在康侯财来之前早物色好了邻村的姑娘。姑娘也是打工女,春节回家几天,她相亲日程排得满满的。不知康侯财在顺德闯荡,见多识广,眼眶子高了咋地?回回相,是次次散!闹得父母亲对媒人不好张嘴。

康侯财对回家相亲渐渐产生了厌烦感。据说他已有对象,还没确定。"十一"长假前夕,康侯财母亲给他电话,

1943年的母亲

娘说：财儿啊，快放假了吧？

康侯财喊了声：娘。是快放假了。娘，你和爹都好吧？

娘说：好！好！小儿啊，放几天啊？

康侯财说：娘，才放三天。

娘说：小儿，放三天不少，再加上两头的晚上，时间不少，够用的。回来吧。

康侯财一听娘催回家，就知道爹娘叫回家的意图。准是相媳妇。

他跟母亲说：娘，我也想回家，可是车票买不上，排队排一夜的还没买上哩。再者，厂长叫我加班干点事儿，除给我节日加班三倍工资，另外管一日三餐。娘，我不算受罪，您别挂着。

娘一听儿说十月一不回来了，她不管你买票不买票，加班吃几餐，心里不高兴。就说：财儿啊，我告诉你，你爹，他前几天下小雨儿赶驴车拉棒子不小心摔了腿，地太滑了。这不还在炕上躺着哩。大夫叫休息，尽量别动。

康侯财问：娘，俺爹摔得厉害不？

母亲说：财儿啊，不厉害，骨头没事。叫你回来没别的事儿，不是叫你收秋种麦子，你爹舍不得叫你干活，就是你爹想你，想见见你。

娘的话里带了哭腔。康侯财想，娘又演这老套路苦情戏。早已不是一回两回了。

他也没办法，就安慰母亲：娘，您老注意走路，千万可别出闪失，家里全指望你哩。最后随便问了句父亲的伤情怎

187

样，答应娘的要求：娘，我想法儿去火车站买黑票，大后天一早回家。

母亲眼角儿挂着高兴的泪花儿挂了电话。

大后天的一早，天蒙蒙亮，康侯财给家里挂电话，母亲接的。娘。哎。财儿，坐上车了吗？

他说：娘，没。没买着黑票呀？黑票点叫顺德公安局端了！是这样，昨天晚上干活不小心把脚砸了，娘，我回不去。

财儿，脚砸毁了？干活得加小心，不能扬了二正的。

没大事儿娘，车间主任待我挺好，叫休息几天，伤就好了，别挂着我，别跟俺爹说。

娘说：你好好歇着吧。唉声叹气地，挂了电话。

康侯财压在心里的石头放下来。十一可不回家了，高兴地到小饭馆儿喝了点啤酒。庆祝说瞎话瞒过母亲。老太太光会编故事催我回家，我编的更有理，庄乡邻居知道了也不会说我好好的假期不回家。

正当康侯财准备十一假期大干一场的时候，第二天下午是他万万没想到的，他父亲竟然来了！父亲左边小腿裹着纱布，挂着拐棍儿，一瘸一拐地来到厂子大门。看见大牌子：顺德美的空调厂。

康侯财是保安的电话喊来的：门口一瘸老汉找你，说是你爹。康侯财还跟保安打嘴官司：是你的瘸爹吧。

当康侯财第一眼见是爹真的来了，而且这次爹真的摔伤了腿。

1943年的母亲

他老远就跑过来，喊一声：爹。搀着了父亲。

父亲颇惊讶地问他：你不是砸脚了，不能走路了吗？！

爹，咱去我宿舍说话。康侯财说出了不想回家的实情。

爹比划着拐棍儿往他身上打，差点跌倒，举起的拐棍儿又慢慢放下来。说：你个浑小子，你娘说，咱财儿把脚砸了，不知轻重。她睡不着觉，饭也吃不下去，老挂着你，撵我来看看你。原来是这样，我的儿嘞！我的儿嘞！

康侯财眼泪掉下来，哽咽了。说：爹，儿错了，儿不孝。

父亲拐棍儿捣地"当当"的：我不听你检讨，说好话。

爹，我跟主任请假，咱回家，这就回家。

他悄悄给个女声打电话……

相皮爷

说相皮爷显得对爷不恭，可是在村里都知道他，为人处世以相著称。所以外号相皮爷。

当面是不能喊他相皮爷的，轻者白你一眼不搭理你，重了会挨骂。这要视相皮爷的心情好坏而定。

相皮爷光头，他剃头要理发师傅刮两遍，他洗头决不用别人洗过的剩水，必须是新热水。还要求洗透。

他披上剃头匠白得快成黑布的围巾，躺在椅子里，闭目养神，剃头师傅操刀，另一只手摸着他的头，刀随手走，只听"哧哧"的刀吃草的声音。在剃头师傅的抚摸下，头刮得闪闪发光，剃头师傅一声好了，相皮爷要检查一番剃得咋样，手在头上逛一遍，感觉感觉有无漏网的头发。若有点儿挡手定会叫师傅再找找。

他要求三天长不出头发来。临走扔下钱，客气一句：麻烦！

1943年的母亲

剃头师傅也谦让：看看，还拿钱。

相皮爷前脚出门，师傅的话就跟上了：真相！

相皮爷中等身材，面相严厉，眼虽不大，但特亮。

他常年穿夹袜子，就是用白粗布做的袜子，黑布鞋，扎腿，干腿干脚，利利索索。从前扎腿用袜带儿，年轻人大概不知道袜带是何物？袜带儿宽约两公分，有松紧性，套在裤腿上，特别是骑没链子盒的自行车，怕链子上的油污染了裤腿，套上袜带儿就可避免。这是相的主要指标。一般人夏天是绝不穿袜子的。更不扎腿。天热得人要命，脱裤子还来不及，那还封闭裤腿？

秋天戴瓜皮帽，帽顶一核桃疙瘩儿。

冬天穿棉袍子，粗粗的布带子扎腰，把袍子的前摆一角掖到腰带里。戴的棉帽子两耳朵都开孔，以免影响听力。

相皮爷的农具，铁锨、三齿镢、大锄、小锄、扳镢子等保养得亮光闪闪。任何一件家什，用过之后，他先用脚把沾的土擦掉，回家再认真打磨，如果在五黄六月，连阴天，相皮爷就用废机油把家什的铁头儿擦擦，以防生锈。

假如去他家借东西使，也叫你用，但归还时定要小心，干净如初才行。不然下次就没下次了。

相皮爷善动脑子，为了消灭老鼠，他制作了逮老鼠的铁笼子，铁丝编的长、宽、高三四十厘米。关键是，给老鼠预留了进笼子的小门儿，笼子里放了老鼠爱吃的食品。

老鼠闻到香甜可口的气味，悄悄的来到笼子边，瞪着小绿豆眼儿，鬼鬼祟祟的观望，老鼠也是有脑子的，不敢贸然挺进，在小门口试探，但终经不住诱惑，飞快地窜进去想叼住吃食快回。关键就在这里，相皮爷设计的小门儿被根细线调起来，老鼠一叼吃食，机关就动了，小门"刷"地落下，把老鼠关在笼子里。几乎天天夜里有收获，早晨村民们好去他家看老鼠上下左右一圈圈爬笼子，很好玩。

相皮爷还会嫁接技术。他挪来杜梨树栽天院里。六月伏天他就搞嫁接。他说叫"热粘皮儿"。找来梨树枝条，用快刀子削下梨枝条的芽，把叶子去掉。然后在杜梨树的枝条上拉开丁字形的口子，剥开薄薄的皮，把梨芽塞进去，包上梨叶用绳子缠牢。七天过去，破开绳子梨叶，芽儿长好了。

相皮爷用此法，嫁接了雪花梨、甜水梨、面梨、酸梨还有一样苏联冰糖梨，一棵梨树嫁接了五样梨。他精心照料，浇水施肥，梨树茁壮成长，五年后，梨树开花结果了。相皮爷家一棵五样梨，果子挂在枝条儿，引来村民参观。黄色的、绿色的、深棕色的五样梨子。都赞不绝口，夸相皮爷能！

当年相皮爷摘了梨，扛篮子上集卖，变点钱，自己也舍不得吃。

他对梨看管得很严，顽童很难越墙偷摘。后来树长大了，枝子伸出墙外，甚至有梨子挂在枝上，过往的行人若抬头观看，相皮爷也不愿意。你不能看！他说，只要江边站就有望海心！

但到最后，树上剩点模样差的、小的、有虫眼的他也给邻居送送，叫孩子尝尝。

相皮爷最厉害的一次是，有户人家去相皮爷家借大车

1943年的母亲

使。他的大车养护一流，好使轻便。那户也借出来了，他帮助这户人家把大车从车屋里推出来，套上牛，目送人家把大车赶走。大车是农家重要的家业，都很爱惜，拉东西前要往车轴上抹油。他的大车上挂着油葫芦，但是空的，谁使车谁把车轴抹上油，再把油葫芦灌上多半葫芦油。

不知那户人忘了，还是真没油，送大车时不光油葫芦空的，而且车轴也没抹油。

相皮爷一看就恼了。他脱下鞋来，鞋底"哐哐"地扇车轴。边扇边骂：我叫你不要脸！我叫你不要脸！你连点油儿都没混来！

社会万花筒之中国微小说系列丛书

捎　蜜

柳站长说捎。其实是送。送一罐子蜜。五斤。

20世纪80年代，酝酿几年的事，突然从省文化厅传来特大喜讯：公社文化站长转干。

站长，其实是农民身份的临时工，每月交生产队9元钱买工分。在县级文化部门和当地公社党委双重领导下，战战兢兢、如履薄冰、团圆媳妇般的受气包站长。甚至生产队长都管得住站长，挖河还分河工任务。你不去挖河，就交钱。这就是三重领导了。

就这样，站长还兢兢业业，勤勤恳恳，起早睡晚地干群众文化工作。

大院里任何一位干部都不敢得罪。指使你提壶水去，柳站长也不能怠慢。

夜里要到各村辅导文艺节目。辛苦是辛苦但盼着有朝一日老天开眼，可怜可怜文化站长，给个转正指标，就不受生产队长的气了。也不吃那些国家干部的白眼珠子了。虽然他们嚼着农民种出的粮食,但从骨子里看不起,给他们种粮食吃的人。所以盼重见天日的心情迫切得达到眼红的程度。

当年多亏各级文化宣传部门把公社文化站吹得天花乱坠。公社文化站为活跃农村文化生活,社会主义精神文明建设的推进,做了大量工作。

各种汇报材料、内参、简报上说通过开展文化活动,农村打架斗殴的少了,邻里团结和睦的多了,耍钱赌博的少了,学习科学种田的多了,好婆婆好媳妇多了,不孝顺的少了,等等。社会风气得到明显好转。弄得大领导不知道公社文化站的柳站长们干了多少工作。

中央连续三年发《关于活跃农村文化生活》和《关于活跃城市工矿企业文化生活》的文件。全国上下给公社文化站人员转正的呼声一浪高过一浪。

终于盼来了转干的这一天。但只录用百分之五十,竞争之激烈可想而知。闭卷考试比高考还严。全地区165个考生,165个监考人员。谁也不叫别人偷看答案。转了干就一步登天,跳出农门,不光吃商品粮,还成了国家干部。柳站长考得不错,但也怕别人拱了。就是怕别人顶替。

他想给县文化局长送点土特产。想来想去,送啥?日子过得困难,腾不出大钱买高级香烟、高级酒。那总不能送土里产的白菜、小麦啊?巧了,村东头来了放蜂的,打点蜂蜜,不掺任何添加剂,正宗纯正蜂蜜。也算个稀罕物。唉,送蜜比较合适,比烟啊酒的强,局长为党的工作劳心费神,急需补养，每天早晨喝杯蜜水有滋养喉嗓、润肠通便之疗效，好处多多。

柳站长喊我：小汀你帮我办点事。

我说：行，啥事站长？

去县里给文化局长送罐子蜜去。他把蜜罐子用塑料布盖一层，绳子缠住。陶瓷罐子，四个穿绳子的鼻儿，挂在自行车把上。晃晃荡荡地挺吓人。

柳站长嘱我：千万不能摔了罐子。

我表决心，站长你放心，就是摔了我也不摔罐子。

柳站长一瞪眼：你摔了蜜罐子谁保护啊？！

我点头：是，我也不能摔。

"到竹竿巷南北小胡同里，第一户是汪局长家。喊开门，跟局长说，杭庄文化站柳道路叫给您捎的点蜜。"

我说：放心站长，我准送到。

柳站长还嘱咐：如果局长给你罐子，你千万别带回来，罐子不要了。

正合我意，难道我愿意再带个易碎品骑车担惊受怕啊。

我小心慢慢地发动，骑上车子，出发了。我回头看站长，他在盯着我。那一瞬间，车把打了摆，罐子甩了两甩，吓我出身冷汗。只听站长"啊"了一声。

一路上我靠边骑，尽量躲着汽车、自行车。由于额外当心，心提溜到嗓子眼儿，骑到城里真出了一身汗，褂子溻湿半截。

当快到汪局长家门口时，我提前攒劲，千万别摔了罐

1943年的母亲

子，老天爷爷保佑。

我冲着大门边的墙骑过去，目的是，车子靠到墙上，牢稳。可是右手快挨着墙了，松开了车把，把墙划了道沟儿。

我双手赶紧保护蜜罐子，脚底下不利索，竟摔倒了。但手紧紧地捧着罐子没松开，践行了我的诺言。蜜却从罐子里撒出来，流到我脸上。

原生态（当年这个词还没造出来）的蜜那个香甜啊，流到嘴边了，别浪费，我的舌头不由自主地从嘴里伸出来，转了两圈把嘴边的蜜收到肚里。

我还没整理好情绪，特别是脸上的蜜还没来得及擦，身上土不拉几，局长家大门"吱扭"开了。大概听到了撞墙声。局长夫人出门来，我抱着罐子赶紧站起来。

你好大婶。我把柳站长编的话，重复了一遍。

我脸上涂满蜜的狼狈样子，肯定滑稽可笑。

摄影师

摄影师春梦涞长得干巴,个矮,但小伙脸儿白。

他叔叔在沈阳工作,有架"海鸥120"相机,老的没牙了,还能凑和用。

他给叔叔写信,诉说家庭困难,二十多了还没糊弄上媳妇。若再不抓紧恐怕"毁齿儿"。他想借叔叔的海鸥相机,在街上开家照相馆。

他叔叔接到侄儿来信,尽管哥哥没说话,但侄儿代表了哥的声音。只好忍痛割爱,把相机邮来。

春梦涞做了身学生蓝制服,买了顶单帽,背着照相机街上一走,吸引了大批目光聚焦。特别是大姑娘们颇羡慕春梦涞的相机,若给照张相多好哇。不用在照相馆的布景前,千篇一律的老样子,死板,没生机。在春暖花开的季节,手扶着杏树或拽着桃枝照相,比屋里好看多了。春梦涞的业务火爆,但就是洗照片要去城里。

1943年的母亲

春梦涞给社长母亲照相,七十大寿全家福和老人家及单人照。用去一个卷,社长给他钱。春梦涞一拧身子,说:叔叔,咱还兴那个?!我能接你的钱吗?

社长说:那要花不少钱哩。

他说:花多少我也不要你的。叔叔喊我照相,是看得起我,高兴还来不及呢。

后来公社开大会、上级来检查指导工作到田间地头,社长叫人喊他去拍照。次数一多他跟书记社长混熟了,他凑机会给社长提了要求:看看社里哪儿用人,我出来行吗?

社长说:别慌,等机会。

侯专员和书记社长查看苗情的照片,在地区日报上发表了。作者:春梦涞。这是社长托同学送给日报总编看的。报上一登,就不得了。社长给书记研究,把他从队里调出来,干新闻报道。一个农民通信员安排在公社文化馆。跟馆员待遇一样,每月三元补助,队里记三百工分。还把他的相机按半价六十元公社买下来。算馆里财产。

春梦涞一步登天了,媳妇问题迎刃而解,媒人快把门槛踩烂了。

文化馆给他安排的工作是图书管理员。

买砖没钱,垒书架子,用土坯。土坯一块重四十斤,春梦涞几天垒好了。他用报纸把"书架子"糊一层。然后把县文化馆图书馆支援的图书分门别类,文学类、历史类、科技类、杂志、报纸一一摆上,文化味出来了。

公社文化馆快满编了,柳馆长跟社长说。

社长说：编不编的你不用操心，把工作干好就行。

那年抢河水春灌，正月十九晚上，柳馆长替爱人去生产队看水。看水就是看着水淌到畦子里，满了改畦子。那晚真冷啊，水随淌随结冰，要用铁锨拍着冰凌走水。柳馆长忽然发现东北方辛庄上空出现三个不明飞行物，一大两小，都像《飞碟探索》上刊登的样子，像两个盘子扣在一起的形状。

他扔下铁锨往村里跑，喊梦涞去。

敲门，快起！快起！东北天空出现了飞碟。

他二人随跑随看天空的飞碟。到地里，春梦涞要在个高处拍摄。柳馆长跑到坟头上站住：快、快点，别让它飞了，来你骑到我脖子上。

春梦涞骑住柳馆长脖子，对准飞碟摁下了快门。

片子洗出来，文字由柳馆长撰写，时间、地点、人物发现不明飞行物并拍下实况。

为真实起见诉说了夜间浇水事件。照片署名：柳某某春梦涞摄影报道。

投给了报社和《飞碟探索》。

等了一年多也没见发表。柳馆长说：今后可不主动干这费力不讨好的事了。

可是文化馆还要经常从事费力不讨好的工作。

搭人、搭工夫、搭胶卷、搭钱，等等。

公社一开大会，秘书就叫通信员来喊他拍照。春梦涞就背着相机记者样的风光，拍照。

柳馆长曾告诫他：别是人不是人的就给他照，咱这点经

1943年的母亲

费基本全花在摄影上了,买卷洗片得花多少钱啊?

春梦涞说:馆长,我心里有数。

春节刚过,公社召开"四干"会。那三天可忙毁了春梦涞,主席台、讲话的领导、表彰的先进、发言的要照。

还有开会的一个个叫他照。春梦涞就有求必应,闪光灯"啪啪"的一个劲闪。

气得柳馆长光鼓肚子,浓眉高扬,圆眼怒睁,白楞他。

晚饭后分组讨论,制订来年工作计划。柳馆长把春梦涞喊到办公室熊他:你光给他们照相为人,花的公家钱啊?!给你说了吗,别给他们照,咱没钱买卷儿。

馆长,这我也没给他们照。

还嘴硬是不?闪光灯"啪啪"地亮,还说没照?!

馆长,我是光闪光,没照。

那闪光了还不照上了吗?你骗我啊!

不闪光他们说没照上。

噢,是吗?

馆长,我相机没安卷儿。

没卷儿也不要乱照!

幸福鸡

那年还属于困难时期，但吃饭不成问题，粗粮可吃饱。只是细粮过年才可吃几天。春节不光小孩子盼，就连大人也盼。过年可喝点"瓜干酒"，吃饺子，甚至吃点猪肉，解馋。

一进腊月门，零星"噼啪"的鞭炮炸响，把人带进年味里。早晨的柴草垛、房顶、树上都结满树挂，像一根根蜡烛把树枝加粗起来。太阳露出脸儿来，树挂开始往下掉。把村庄装扮得洁白。

五天一个集，通往镇上的路上，熙熙攘攘的三个一伙，五个一群儿。人们穿着棉裤棉袄棉鞋，几乎是清一色的黑衣服。步履匆匆地去赶集。

卖白菜的。卖反季节蔬菜西红柿、黄瓜的。牵着羊赶集卖的。老太太抱着鸡去卖的。还有卖猪肉的、卖羊肉的、卖下货的。集上布市、成衣市是女人最多的地方。给孩子买件

1943年的母亲

新衣裳，扯块布做件新棉袄啥的。

那年春节正月初六那天，这是串亲戚的最佳时间，下东北（我们这儿把闯关东说成下东北）的亲戚来我家拜年，给父亲买了点心、最主要是还买了只烧鸡。

烧鸡是我镇的特产，几百年的传统工艺，烧鸡深棕色，亮光闪闪，味道鲜美，熏得有股特殊的香味，越嚼越香。放到屋里几分钟香味就串满了。亲戚这份节礼是不错的。

父亲批评亲戚，不该花钱买烧鸡，咱庄稼人咋能吃这？！日子又不宽裕。

下东北，就是闯关东。日子不难过谁背井离乡，拉家带口地外逃？

这只烧鸡父亲没舍得吃，也没叫我们吃点解解馋，而是安排我带上它去我姥娘家拜年，给姥娘吃。

我在去姥娘家的路上，烧鸡香的受不了，直钻鼻子。我小心翼翼地把包烧鸡的纸破开，鼻子凑上去，用劲闻了喷香的烧鸡。那诱惑太大了，我掐了点鸡翅膀尖儿……

到姥娘家，姥娘看见我带去烧鸡，生气地说，买烧鸡干什么？咱庄稼人吃起这个了？我说，姥娘，不是俺买的烧鸡，是亲戚给俺拿来的。俺大说，咱别吃了，给你姥娘吃去吧。姥娘审量了一会儿烧鸡，没舍得给我撕根腿吃，她老人家，又原封不动的把鸡包起来。

这只烧鸡是幸运的。姥娘派舅舅又用它去串了亲戚。

亲戚们都没舍得吃它，带上烧鸡也去串了亲戚。

烧鸡跟亲戚们串来串去。串的快到二月二了。多年不大来

203

的亲戚突然来到我家拜年。亲戚带来的东西里有只烧鸡。我趁父母和亲戚说话时,检查了烧鸡翅膀。可怜的烧鸡回到俺家。

这一个正月,烧鸡可享福了,串了这么多亲戚。

它的回来,这叫我非常高兴,只是烧鸡面貌已不鲜亮,乌气灶光,少皮没毛的样子。鸡爪子少了一只,鸡冠子没了。大半在烧鸡旅游途中,哪位如我之克制不住被烧鸡诱惑的小伙伴,尝尝吧!开斋了。

我告诉父母亲这只鸡又回来了。娘说,不会吧?我去姥娘家时,被烧鸡的香味馋毁了,就掐了点翅膀尖儿,可是把小翅膀带下来了。我想法弄了小树枝插在一起。父亲母亲会心一笑,母亲闻闻烧鸡,还行,基本没发霉的味。当年的冬天也冷,我们存放的枣卷、花糕、黏窝窝到二月二吃还行。今天中午就解决了它。

母亲把烧鸡拿走熥一熥。正好母亲在扎萝卜菜,就是煮萝卜片,二月二包萝卜馅的饺子。母亲把烧鸡熥到箅子上,下边煮的萝卜,省得再另熥鸡了。

父亲跟亲戚喝点瓜干酒,母亲还炒了白菜、焖子,加上烧鸡,酒肴还是不错的。

我摩拳擦掌地早坐到桌边上,等着吃烧鸡了。

父亲连拧加拽弄下根鸡腿来给我,撕是撕不动了,烧鸡已风干硬得没了水汽。

我吃了第一口,感觉味道不对,说,大,咋烧鸡白萝卜味啊?!

父亲不信,不可能,烧鸡还能白萝卜味?!

他拧下个翅膀一尝,验证了我的说法。

1943年的母亲

马大脚

小李乡长早早起床，手急马力快地洗把脸刷完牙，站在大院里看天。

今天由领导带队，去慰问优抚对象。小李乡长这一队，去最远的管区，要到十个村。腊月年底天特冷，这倒合老百姓的意，有点吃的东西坏不了，多放些天。小李乡长出身农家颇有同感。

他呼出的气像白色的烟雾，与空气中弥漫的黏稠的冬雾结合在一起。他挺愿意看那一串串的树挂，树挂这种应景之物，好几年没见过了。那通常在腊月的大雾天，才能在树上生成的东西。一根根有蜡烛那么粗的样子，洁白的树挂交织在一起，煞是壮观。树上结挂这也是兆丰年的符号。但愿明年风调雨顺。

走访慰问优抚对象，多半也是困难户。他想胡子不刮了吧，到农民家去不能把脸弄得油光滑亮的。那件闪闪发光的棕色皮夹克不穿了,他披上了军大衣。穿衣镜前出现了一位典型的乡镇干部形象。小李对自己还是比较满意的。

小李乡长这组人马早早来到伤残军人马大脚的村前。进了腊月门农村露年味了,那就是一种感觉,一种氛围。"小三马"一辆辆地开出庄去,有去卖布的,有卖服装的,多数是赶闲集的人熙熙攘攘地流出庄去。偶尔也响个把小炮儿。

村支书白白胖胖的,穿着西装站在镶着"家住黄金地,人在幸福中"瓷瓦的大门前,迎接小李乡长们。他身后的背景是五间高大的红砖红瓦的北屋和一根钻入空中的电杆上的四只25W的大喇叭。

伤残军人马大脚拄着县民政局发的那根磨得光滑滑的拐,迎出小门楼来。小李乡长握着马大脚的手说代表政府,过年哩,来看看您。马大脚也会说"官话":领导这么忙还想着俺,俺今年把对子(春联)早买了。

小李乡长看看马大脚的北房,是三中全会后翻盖的那种新房,用世纪之交的眼光审量是不达标了。送给他春联和县里的贺年画后,忽然抬进来一袋面粉,提来一桶油,这着实把马大脚吓了一家伙。激动得他老哆嗦也说不出什么好听的话了。这额外的面粉和油着实出乎马大脚意料之外。骤然间激荡起一腔飞溅的感激涕零,他激动地流泪了。

"政府也难啊,听说几个月没发工资了。还下岗什么的。"

他那老枣树皮般的手颤抖了。胸前失去光泽不鲜艳的军功章叮当作响。佩戴战争年代的奖章,是马大脚的腊月行

1943年的母亲

动。因为每年的腊月底上级都会来人慰问。小李乡长是第一次见有这么多奖章的共和国功臣。我们来晚了，来的太少了，关心不够。英雄啊！

仿佛淮海的战火，大别山的硝烟，郓城的巷战，羊山的肉搏，等等又浮现在眼前。什么关心少啊，民政助理月月来民政局长也来，这都是政府关心哪。咱生活难，要比起那些牺牲的战友来，咱很知足了。

小李乡长握着老马的手告别：等过了年我来给您拜年……

老马站在门楼口望着小李乡长们走远了，他掏烟准备抽袋，忽然从兜里掉出来两张百元大票……老马雕塑般拄拐立在那里，望着那大票。

谎 言

王蛤蟆村王老头这回差点毁了!

他一生务农,勤俭持家,一分钱恨不得掰开花。供儿女上学,参加工作,进步提拔。儿子干到了镇长位上,女儿中学教师。都夸王老头有福,儿女成器,你捋着胡子喝蜜儿吧。土埋多半截的人了,见过最大的世面也就是县城。县城在他心目中可跟北京差不多。

儿子要把父母接到镇里住。老王身子一拧,说:不去,我跟你娘在家里多好啊。电视里不是好说,接地气啊。

前不久因伤风寒,咳嗽吐痰,喘上不来气。他在赤脚医生那吃点药有好转,但还是不轻。儿子决定带老爹往城里看看。

儿子带老爹来医院,镇长执行用车规定,打的来的。专家号也挂了,排队也挨上了,查血。吃早饭了,不行。那查别的,透视照相。当天取片子,这笑话就出在片子上。

1943年的母亲

张三的给了李四，李四的给了张三。把片子掉了包。

巧，给王老头的片子报告上写的他有病，病不轻，肺上有模糊的影像。见明显异常。处方开了去抓药，大夫把王老头一行支出去，使眼色给儿子说病。

王老头一看大夫单独跟儿说话，他在外听他们说啥。当听到说他可能肺上有病，不轻时，立马站不住了。来时吃俩馒头，回去下了汽车，到镇上不吃饭了。儿女把他送回家。

回到家不吃不喝，也不吃药，躺炕上等死。这可咋办啊，儿女作难了。

儿女们商议再跟老爹去市医院看，确诊看是啥病。到了市医院，拍片没啥大碍，大夫解释病情，就是呼吸道发炎，吃吃药就会好。儿女们一块石头落了地，如释重负，压在全家人头上的阴云满天散了。

儿女们说他没大病，他不信，说：哄爹干什么！

儿女求大夫给老爹说病，大夫说：大爷你没大病，吃点药就好。

他说：大夫，你的好意我领了，是我儿女们叫你说的吧？谢谢你好心。

后又换几家医院，诊断一样，偏不信大夫说的没病。

他就认为自己有病。说儿女们和大夫串通好的哄他。回家还是不吃不喝，人不吃饭那还了得，眼看日渐消瘦，成病人了。全家急得团团转，

这可咋办啊？镇长儿子的同学在一家医院，决定再找同学帮忙，给"别古爹"演演戏，真合伙哄哄他。儿女们又强

行把他拉到医院，挂号、诊断、测血压、听诊、拍片等做了一遍。给他看的这位同学，走了个后门，加塞看。

这个同学也是专家，看了王老汉的片子，大惊失色：大爷，你的病可不轻啊！

王老头说：是哩，他们都不跟我说实话，瞒我哄我。那你才是实在人，你说还有救吗？

王老头哭腔的。

大夫说：你最多再有个把月的大限。不过你命不错，现在有救了，若你早来几天我这里还没这特效药。咱刚从德国进口的高级药，你还算有福，给扎上一针就好了。几分钟见效，保证你能走着出医院。

王老头，闻听紧缩的眉头松动了。面露喜色。刚才还有气无力的哼哼叽叽，这会儿有劲说话了。

那赶快给我打针啊！

大夫说：这进口针可贵啊。不知你舍得舍不得？

多少钱？

一针就三千多。

三千多？！王老汉羞答答看儿子女儿。

王老汉说：贵是贵点，只要治病贵也打。

大夫开了处方，说：这么贵的针拿来我要亲自给老大爷扎。

儿子去拿针来。大夫给他扎了针慢慢往里推。推完叫他休息会儿。住了十几分钟，扶着他坐起来了。老头眼努力地睁睁，有点精神了。他抻抻胳膊蹬蹬腿，浑身也活泛起来。

1943年的母亲

大夫微微笑了,问他:是不是啊?管事吧。

是管事。王老汉说:扶着我站站。他起来了。

大夫的手像赵本山似的指着他说:走两步。

架着他慢慢能走了。在大夫诊室里走了两圈儿。

老汉儿女都高兴地说:大夫真是妙手回春。老汉对大夫千恩万谢。他回到家精神明显地好转,能吃饭了。经一段调养他又成了健康老头。

我问讲故事的朋友,给老头扎的啥针?他说:一支大青叶。

社会万花筒之中国微小说系列丛书

小说从土里拱出来（创作谈）

李立泰

我写小说，好回老家，扑进鲁西大平原，看父老乡亲兄弟姐妹土里刨食。烈日下挥汗如雨。自己就参加进去。哥哥光膀晒得淌油儿，嫂子壮硕小褂儿粘在白馍馍似的胸脯上。汉子扬鞭扶犁，倾听犁铧切断草根的脆响，看阳光下新翻泥土的浪花儿。俯身抓把湿润的土块攥个蛋儿，送鼻子闻闻朗润的清香。女人顺着深深的犁沟撒肥。沿着骂牛的吆喝。沿着长长的日子。沿着风调雨顺也受穷的声声叹息。然后把在血汗里浸泡的种子，埋进希望里。

望望厨房冒出的炊烟，闻玉米饼子的香甜，听鸡狗的欢歌，小说基本就出来了。

2009年7月在邢台见到了仰慕已久的杨晓敏老师。那年2月杨晓敏老师和郭主编发现了我的《战友》，选发在《小小